徳間文庫

佐賀のがばいばあちゃんスペシャル

笑ってなんぼじゃ！ 上

島田洋七

徳間書店

目次

扉イラスト・伊野孝行

序　人生、波乱万丈

かあちゃん大好きの甘えん坊

俺は今、佐賀県に嫁さんと犬三匹と住んでいる。家の周囲は、田んぼや畑が広がるのどかな田舎だ。

広島出身の俺がなんで佐賀に住んでいるかというと、きっかけは、佐賀出身の嫁さんのかあちゃんの介護だ。

東京から佐賀に通うのは大変や。それならいっそかあちゃんの近所に住もう！と佐賀で暮らすようになってもう十八年。

でも、俺にとっても、小学校の二年生から中学を卒業するまでばあちゃんと暮らした第二の故郷でもあるんよね。

このばあちゃんというのが、書籍や映画にもなった『佐賀のがばいばあちゃん』。

貧乏やったけど、明るいばあちゃんとの暮らしは毎日が笑いでいっぱいやった。

このばあちゃんと暮らした八年間の生活は、今の俺の礎となっている。自分でつくった野菜や近所の農家の方から分けてもらった野菜、農家から買った米で飯を炊く、自給自足に近い生活や（笑）。

俺は二十二歳で漫才師としてデビューして、いろんなコンテストで賞をもらった。多いときで週に十九本のレギュラー番組を抱える忙しい毎日を送っていた。だけど、その前もあとも紆余（うよ）曲折、波乱万丈よ（笑）。

「もみじまんじゅう！」と言うてるイメージしかない人も多いかもしれんけど、実は、笑いと、ちょこっとの涙がほとんど今の俺をつくっている。

今の仕事は講演が中心で、全国あっちこっちに出かけて、年間約百本。これまで四千回以上、しゃべりまくったよ。

人生、老後、子育て、商売とか、テーマは何でもありやけど、どの講演もお客さんがずっと笑いっぱなしということ。

俺は広島市白島九軒（はくしまくけん）町で、徳永家の次男として生まれた。でも、おやじの記憶はほとんどない。

あとで聞いた話やけど、戦争が激しくなったとき、佐賀に疎開していたらしい。ところが、広島に原子爆弾が投下された一週間後のこと。家族のことが心配でたまらんようになって、広島に戻ってきてしもたんや。

当時の広島は大混乱の最中。家は爆心地に近かったから、復興を一、二年手伝っていたら原爆症になってしもた。

俺が生まれたときは、すでに病床にあって、二歳のときに亡くなった。

俺が物心ついたころには、かあちゃんはおやじの話はまったくせえへんかったね。子ども心に俺も、おやじの話はしたらあかんような空気を察してたんやろう。おやじのことについては、聞くこともなかった。

今から考えると、まだ若かったのに、いきなり未亡人になって、女手一つで二歳の俺と六歳上の兄貴を育てなあかんようになったんやから、そりゃ、ひとことでは言えん苦労があったと思うよ。

でも、泣いてばかりはいられん。元来働きもののかあちゃんは、そこで奮起。家のあった場所で小さな居酒屋を始めた。

家のあった場所は繁華街やったから、かあちゃんの店は、そこそこ繁盛した。

俺はまだ二歳。六歳差の兄貴と一緒に遊ぶには離れすぎている。家にはテレビもない。

兄貴とけんかしたり、かあちゃんが恋しくなったりしたら、しょっちゅう店に駆け込んだ。

店の裏から、「かあちゃん！　かあちゃん！」と大きな声でかあちゃんを呼んだ。

一人で切り盛りしてた店やから、これでは仕事にならん。かあちゃんは困り果てた。

かあちゃんの店に俺が顔を出すと、「ええやない、そこでジュースでも飲んどき」と言うてくれるお客さんもいれば、「この店うるさいな」と出ていく人もいた。

そらそうだよね。子どもが騒いでいる居酒屋で、酒を飲みたい人なんてそんなにいない。

俺が騒いだり、泣いたりしたときは、「わかった、わかった。今から閉めて帰るからもう泣かんでね」と俺をなだめて、早じまいして帰ったことも一度や二度ではなかった。

これでは居酒屋は成り立たん。でも、俺と兄貴を育てるためには、店を閉めるわけにもいかん。

そこで、もう小学生の兄貴は一人でも身の周りのことはできたけど、まだ小さかった俺は、親戚の家に預けられることになった。

かあちゃんとしても苦渋の決断やったと思うよ。

かあちゃんは七人きょうだいの長女で、上から五人が女性。幸い四人のおばちゃんたちは、結婚しててもまだ子どもがいないとか、子どもが小さかった。

「ねえちゃん、いいよ、いいよ。昭広ちゃん、うちにおいで」と喜んで俺を預かってくれたんや。

それで長崎の諫早に四カ月、佐賀に三カ月といったように、おばちゃんたちが持ち回りで俺を預かってくれることになった。

そんな生活が四歳くらいまで続いた。今も講演の仕事で日本全国を東奔西走しているけど、子どものころからあっちこっち放浪の旅。ずっと流浪している人生だ（笑）。

といっても、親戚の皆にかわいがられて楽しい思い出ばっかりよ。

でも、そんな放浪の生活にも終止符が打たれるときがきた。

おばちゃんたちの家に預けられていたころの記憶はあんまりないけど、おばちゃんが洋裁学校に通ってて、そこに連れていってもらって、ミシンの上に座っていた記憶がぼんやりとあるなあ。

お遊戯会にかあちゃんが見に来るから、「お馬の親子」を一生懸命に練習したことも覚えている。

お遊戯会の冒頭に俺が、「きょうはお遊戯会です。今から始めますので、よろしくお願いします」と園児代表であいさつをした。

このことはかあちゃんもよく覚えてくれていて、大人になってから二人で思い出話をしたこともあるよ。

今にして思えば、このころから大勢の人の前で話をする気持ちよさみたいなもんを感じてたような気がするね。

小学校は広島市立幟町（のぼりちょう）小学校に入学。ところが、二年生になったくらいで、佐賀のばあちゃんちに預けられることになった。

でも、佐賀に行く計画は、俺には知らせず、秘密裏に進められていた。

きっとかあちゃんやおばちゃんたちが俺にショックを与えないように、いろいろ考えてくれてたんやろね。

突然のドン！　かあちゃんとの別れ

ある日、俺の大好きな佐賀の喜佐子おばちゃんが、泊まりで遊びにきた。

俺は「わーい、おばちゃんが来た」と大はしゃぎ。

楽しく過ごした三日後のことやった。おばちゃんが、「昭広ちゃん、おばちゃんは佐賀に帰るから駅まで見送りにきてね」と言う。

普段は着ないよそいきの服と、いとこからのおさがりの革靴を履かせてもらった。

ちょっとワクワクとした気分で、かあちゃんと一緒に広島駅まで見送りにいったよ。

これがかあちゃんとの別れになるとは、このときの俺は知る由もなかった。

広島駅に着いた。改札の中に入ってホームでおばちゃんに、「また来てなあ」

と別れのあいさつをしているときだった。

発車を知らせるベルが鳴り響く。

その瞬間だった。誰かに後ろからドンと押されて俺は、「うわあああ！」と前のめりになり、汽車のデッキにいるおばちゃんに抱きとめられた。

「どうしよう。ホームにかあちゃんがいるのに！」

振り返るとかあちゃんが泣いている。俺を抱きとめたおばちゃんも泣いている。

そして汽車はそのまま広島駅を出発。

「え、どういうこと？」とキョロキョロする俺。でもおばちゃんは泣いているばかり。

俺はちょっとびっくりしたけど、平気だった。だって、次の駅で降りて上りの汽車で広島に帰ればいいと思っていたから。

「おばちゃん、泣かんでも大丈夫や。僕は次の駅で降りて広島駅に戻るけん。心配せんで。泣かんでもええ」

するとおばちゃんは泣きながら、俺の目を見つめて言った。

「昭広ちゃん、あんたはこれから、佐賀のばあちゃんとこで暮らすんよ」

俺にしたら青天の霹靂よ。だって、ばあちゃんの顔も覚えてないんやもん。小さいころに会っていたらしいけど、そのころの俺にしたら、ばあちゃんの記憶はまったくなかった。

後ろから押したのはたぶん、かあちゃん。きっとそうでもしないと俺と、別れられなかったんだろう。

今、振り返ると、このときがかあちゃんとの別れのシーンなんだけど、いくら思い出そうとしても、このときのかあちゃんの顔が思い出せん。きっとそれだけショックだったんだと思う。でも、俺以上につらかったのは、今思えばかあちゃんだったと思う。

おばちゃんは「ごめんね」と言いながら泣き続ける。俺も、だんだん佐賀に行くことが現実味を帯びてきて、急に怖くなって泣き出した。

広島から小郡までの間、ずっと泣いていたらしい。

小郡以西は泣きつかれて眠ってたけど、当時の関門トンネルは、蒸気機関車の煙の害を起こさないために、下関と門司の区間だけが電化されていた。

門司駅にその転換のポイントがあって、転換するときにドーン！　というでっかい音がするんよ。俺はその音とともに目が覚めた。

寝ぼけて、おばちゃんに聞いた。

「おばちゃん、どこ行くん？」

あとから聞いた話やけど、おばちゃんは俺のこの言葉が一番つらかったらしい。

「佐賀のばあちゃんとこよ」

ああ、そうやった。俺は佐賀のばあちゃんちに預けられるんや。

眠る前の一連の出来事は夢ではなかったことを確信した。

かあちゃんと離れて暮らすことは悲しくて悲しくて仕方なかったけど、かあちゃんが決めたことだ。俺が駄々をこねて、かあちゃんを困らせてはあかん。

ずっと隣で、俺を見つめてくれていたおばちゃんに聞いた。

「佐賀ってどんなとこ？」

「広島よりもっと田舎なところかな」

「ふーん」

そんな会話をしているうちに汽車は佐賀に着いた。目の前の景色はたしかに、それまで住んでいた広島に比べると、田んぼや畑が広がるのどかな光景やった。

おばちゃんに連れられてばあちゃんちに着いた。
ばあちゃんちは川の近くのこぢんまりとした家だった。ばあちゃんに会える。
ドキドキしながら扉を開けた。

1

先祖代々、由緒正しい、明るい貧乏

いきなり飯炊き

幼少期に会っていたとはいうものの、佐賀のばあちゃんの記憶がない俺にとっては初対面や。

のちのち、俺の人生の礎となるばあちゃんだけど、初めて会ったときのばあちゃんの表情もよく覚えてないんだよなあ。

だって、ばあちゃんに会ったとたん、おばちゃんが消えるんだもの（笑）。

そりゃショックよ。

俺はてっきり、おばちゃんもしばらく一緒にいてくれるのだと思ってた。

そしたら、「あんたのばあちゃんよ」と、俺とばあちゃんを会わせるやいなや、

「じゃあ、おばちゃんはこれで帰っけんね。お母さん、お願いします！」と早口で言うて、あっという間にいなくなってしまった。

「えっ、喜佐子おばちゃん、どこいくん！」

俺にしてみれば青天の霹靂に次ぐ、大雷鳴！

一人残された俺は、初対面同然のばあちゃんと、いったいどうしたらええのん？

あとからおばちゃんに聞いたら、俺がかわいそうで、つらくてつらくて泣きそうやったらしい。それで、泣いてしまう前に俺とばあちゃんの前から立ち去ったと言うてた。

そらそうだよなあ。小学校に入ったばかりの俺を、ほとんどなじみのない佐賀に連れていくんやもん。

当時、大人たちがどんな話し合いをしたのか、俺は知る由もない。

ただ、このころ、かあちゃんが自営をやめて働きに出るようになっていた。

もしかしたら、持ち回りで預かってくれたおばちゃんたちの家の事情も変わってきたのかもしれん。

きっといろんな意見が出て、皆にとって一番いい方法が、俺を佐賀のばあちゃんちに預ける、という結論だったんだろう。

喜佐子おばちゃんが帰って二人っきりになったとき、俺にかけた最初のばあちゃんの言葉は、「ついといで」だった。

俺にしてみれば「よう来たね」とか、「これからよろしくね」とか、そんな言葉をかけられるもんだとばっかり思っていたから、ちょっと拍子抜けした。

ばあちゃんについていった先は、離れの小屋だった。

そこは畳二畳分くらいの土間で、ど真ん中に大きなかまどがデーンと鎮座していた。

ここで何をするのかさっぱりわからず、手持ち無沙汰（ぶさた）にしていた俺に、ばあちゃんは言った。

「あしたから、昭広がご飯を炊くんやけん、よう見ときんしゃい」

と、手慣れた様子でかまどにわらやまきをくべ、火吹き竹でフーフーと息を吹き込んでいる。

僕がご飯を炊くって、いったいどういうことだろう。

「僕、そんなことできんよ！」

心の中でそう叫びながら、ばあちゃんがおこした火がゆらゆら揺れるのを見ていた。

しばらくするとばあちゃんは、「やってみんしゃい」と俺に火吹き竹を渡した。よくわからないままに、見よう見まねで息を吹き込んでみた。

フーッと強く吹き込んだら、火の粉と灰が舞い上がった。暑さと煙で目が痛くて涙が出る。でも息が弱いと火が消える。

ばあちゃんに教えられながら、一生懸命に吹いた。無心に火をおこしながら、「きょうからここで暮らすんや。もう広島へは帰れん」と思うと、急に涙があふれてきた。

拭っても拭っても涙が止まらんのは、煙のせいだけじゃなかったと思う。

女手一つで七人の子を育てたばあちゃん

佐賀のばあちゃんは、明治生まれ。

ばあちゃんのばあちゃんは佐賀鍋島藩の乳母をしていたらしく、ばあちゃんは良家のお嬢さんだったらしい。

じいちゃんと結婚して女五人、男二人の七人の子どもに恵まれた。長女が俺のかあちゃんで、次女が俺の大好きな喜佐子おばちゃん。

ところが一番下のアラタちゃんが生まれてすぐに、じいちゃんが亡くなってしまった。

七人の子どもを抱えて、普通なら途方に暮れるところやけど、俺のばあちゃんは底抜けに明るく、前向きだった。

人間、前を向くようにできてるもんや。
だって、後ろ向きには歩きにくいもの。
前向きに生きるしかないやん。

と笑っていたもんだ。

一家の大黒柱を失ったばあちゃんは、佐賀大学附属小学校の校長先生をしていたいとこに紹介されて、学校の清掃の仕事を始めた。

元来、働きもののばあちゃん。朝から晩まで、精いっぱい働いた。

その仕事っぷりが認められて、附属の中学、大学まで仕事の場を広めていったんやから、すごい働きっぷりやったと思う。

清掃員として働いて働いて子どもを育てた。もともとあった家は大きく立派だった。ただ、お金がなかった。

ばあちゃんにしてみたら、やっと子育ても終わってほっと一段落。そこに孫の俺がやってきたのだ。それでもばあちゃんは、「七人育てるのも八人育てるのも一緒ばい」と、快く俺を迎え入れてくれたのだった。

ばあちゃん、五十八歳のときだった。

教室は畳敷きのお城の茶室?!

七歳の俺は、佐賀市立赤松小学校の二年生に転入した。

ばあちゃんちのある場所は、かつては、佐賀城内。現在は佐賀城址を中心にお堀に囲まれ、このエリアには県庁や学校、美術館、博物館までそろう文教地区だ。

俺には田舎にしか見えなかったが、実はばあちゃんちは佐賀の中心地だったのだ。

俺の小学校も佐賀城址内にあった。

初登校の日、ばあちゃんに付き添われてお城の正門をくぐると、目の前には立派な石垣が連なっていた。

ここが小学校だということが信じられなかった。広島の小学校は、モダンな建物だったから。

そう、戦争で街全体が焼けてしまった広島は、すべてのものが新築だったのだ。

俺は新築の建物ばかりの街に慣れていたから、きっとこの暗い建物を抜けたところに小学校があるんだろうと思っていたら、「ここが教室です」と先生は古びた引き戸を引いた。

俺はびっくりして、腰を抜かしそうになった。

だって、畳敷きの部屋で、皆が正座をしているんだもん。

当時、低学年の教室は、お城にあった古い茶室を使っていたのだ。

「広島からきた徳永昭広くんです。みんな仲良くしてくださいね」

先生に紹介された俺に注がれる、皆の不審な目（笑）。

このときの俺は、いとこのおさがりの金ボタンのついた学生服を着ていた。

きっと都会から来た、きざなやつに見えたのだろう。隣の席の子が言った。

「おまえのかあちゃん、年とってるなあ」

転校初日から手痛いパンチを食らってしまった。

「かあちゃんやない、ばあちゃんや」

そう言い返したかったけど、まだ教室にいたばあちゃんに悪くて、何も言えずにうつむいた。

チラッとばあちゃんのほうを見ると、ちょっと寂しそうに俺を見て笑った。

転校早々、前途多難か！　と思ったのもつかの間だった。

最初は遠巻きに見ていたやつも、泥んこになって一緒に遊ぶうちに、すぐに打ち解けて、いっぱい友だちができた。

ばあちゃんには、朝四時前に起こされる。ばあちゃんが家を出て仕事に行く時間だからだ。

広島から来た日に、いきなり俺にご飯の炊き方を教えたのは、俺の朝ご飯を炊いている時間がないからだということがあとになってわかった。

まず、お米を洗って、かまどにまきをくべる。これにお釜をのせてご飯を炊くんや。

炊き上がったご飯は、真っ先に仏壇に供えて、「ナンマイダブ、ナンマイダブ」と仏様に手を合わせる。

これは俺の重大な役目やった。

かまどで炊いたご飯は、ほんまにうまい！

最初は、米が半なまのゴチゴチのおこげ飯しかできんかったけど、毎日炊くうちに飯炊きの腕も上達した。

おかずは、ばあちゃんがつくり置きしてくれている高菜の炒めものとみそ汁と漬物が基本。でも、うまいから毎日食べても飽きひんかったよ。

飼っていた鶏が卵を産んだときは、卵かけご飯にして食べるのがごちそうやった。

ばあちゃんのつくる料理はなんでもうまかった。高菜の炒めものは今でも大好物や。

貧乏には二通りある

学校ではちょこっと勉強して、いっぱい遊んだ。

家に帰ると飯炊きに次ぐ、俺の第二の重大な仕事が待っている。まず川から、風呂場と畑に使うための水をバケツで運ぶんや。

なんと、その数、百六十杯！

最初は重くて、ひいひい言いながら運んだよ。でも、そのうちに慣れてきて、水くみは俺の仕事！　と誇りを持てるようになった。

かまどでご飯を炊くのも、川で水をくむのも初めての経験。いろんなことが新鮮で本当に楽しかった。

ばあちゃんちはテレビもない、洗濯機もない。掃除機もなけりゃ、ガスコンロもなかった。

家にあるのは布団、枕、湯たんぽ、蚊帳(かや)くらいで、立派なものはばあちゃんの嫁入り道具の長持(ながもち)だけだった。

だけど、それが貧乏だという認識はこれっぽっちもなかった。

そもそも「金持ち」とか「貧乏」がどんなものかもわかっていなかったし、それは当時、一緒に遊んでいた近所の友だちも同じだった。

一度ばあちゃんに、「うちは貧乏なん？」と聞いたことがある。

そしたら、ばあちゃんは言った。

貧乏には
二通りある。
暗い貧乏と
明るい貧乏——。

うちは明るい貧乏だから、よか。
それも、最近貧乏になったのと違うから、心配せんでもよか。
自信を持ちんしゃい。うちは、先祖代々、貧乏だから。
そして、「由緒ある貧乏だから」と笑ってた。
そうか、自信を持てばええんや!

川はスーパーマーケット

四メートルくらいの道を挟んで、ばあちゃんちの前には川が流れていた。
水は透き通って、とてもきれいで、しょっちゅう、この土手で遊んでいたもんや。

この川のことを、ばあちゃんは「スーパーマーケット」と呼んでいた。

なんでかというと、野菜や果物、ザリガニ、かまどの燃料まで手に入るから。

ばあちゃんは川面すれすれに一本の棒を渡した仕掛けをつくっていた。

そこに、いろんなものがひっかかる。

木の枝や木っ端は乾かしてまきに使用。

「川はきれいになって、燃料費はタダ。ええことずくめ」と笑うばあちゃん。

エコロジストの先駆者みたいなもんや。

この川の上流には市場があって、当時は入荷した野菜や果物を川で洗って泥を落としていた。

洗っているうちに、つい手がすべって野菜が川にどんぶらこ（笑）。

「わざわざ配達までしてくれて、勘定もせんでよか。ええスーパーマーケットや」

と、ばあちゃんは豪快に笑っていた。

あるとき真新しい下駄が、片方だけ流れてきた。俺がまきにしようとしたら、

「もうちょっと待ってみなさい。もう片方も流れてくるよ」とばあちゃん。

そんなうまい話があるもんか、と思っていたら、二、三日したら本当に片方の下駄が流れてきたのだ。

もうびっくり。

ばあちゃんは予言者かと思ったね。

「片方を川に落としたら、しばらくはあきらめられんが、片方だけあってもしょうがないから、そのうち捨てる」とばあちゃん。

なるほど、腑に落ちる。

生活の知恵が詰まった、ばあちゃんとの暮らしがどんどん楽しくなってきた。

川のスーパーマーケットでは、年に一回のグルメフェアも開かれた。

それはお盆だ。

俺が住んでいた地区では、お盆の最後の日に、仏様を見送る精霊流しという行事が行われていた。

さだまさしの歌にもあったように、小さな舟に果物や花を乗せて川や海に流すのだ。

ばあちゃんちの前の川でも、上流から舟が流れてくる。

ばあちゃんは、棒にひっかかる舟から、バナナやリンゴを拾い上げるんよ。初めて見たときは、なんとなく罰当たりな気がして、「仏様に悪くないかなあ」とつぶやいたら、「このまま腐った果物が流れていったら海が汚れる。お魚さんも迷惑や」と、どんどん果物を拾い上げる。

俺はリンゴやバナナは喉から手が出るほど食べたいけど、ちょっと不安になった。

そんな俺の気持ちを察したんやろね。

「けどね。舟には亡くなった人の霊が乗っているから、ちゃんと川に返さんといかんのよ」

そう言うと、「ありがとうございました」と舟に向かって手を合わせていたもんや。

ばあちゃんは信心深い人やった。

朝のお供えは欠かさないし、貧乏はしててもお寺さんへのお布施とか、仏事に関することだけは絶対にケチったりなんかしなかった。

現在では精霊流しを目当てに訪れる観光客も増え、その規模も大きくなっている。同時に、舟がごみ問題になっているという。

今では海まで流さず、自治体がまとめて処理をするところも多いと聞く。

ばあちゃんの先見の明には驚かされるばかりや。

先祖代々、筋金入りの貧乏

「うちは筋金入りの先祖代々の貧乏」と胸を張るだけあって、ばあちゃんの倹約ぶりは徹底していた。

ばあちゃんはお茶が好きでよく飲んでいて、お茶をいれた後の茶殻をざるに入れていつも天日で干していた。それをフライパンで炒って、塩を混ぜたら「特製お茶っ葉ふりかけ」の出来上がり。

魚の骨もそう。

「骨はカルシウムや。体が丈夫になるから、骨まで食べんしゃい」と、かなり大きな骨まで俺に食べさせた。

でも、どうしてもかみ砕くことができない骨もある。煮付けた魚の場合は、骨をおわんに入れて熱湯をかけるのだ。こうするとお吸い物代わりになる（笑）。

骨はその後、天日に干されて包丁で砕かれ、鶏のえさとなる。

頑丈な体に育ったのは、ばあちゃんのおかげやと思ってるよ。

ある夏の日、農家の友だちの家に遊びに行ったときに、スイカでつくった仮面を見つけた。言うたら、ハロウィーンのカボチャの仮面のスイカバージョンだ。

「面白い！　いいなあ！」と目を輝かせていたら、友だちが譲ってくれた！

俺は大喜びで大事に抱えて家に帰り、ばあちゃんに見せた。

「面白かねえ」

ばあちゃんも感心していた。

ところが朝起きたら、枕元に置いておいたスイカの仮面がなくなっている！

友だちに見せびらかそうと楽しみにしていた俺は、ばあちゃんに聞いた。

「スイカの仮面、知らん？」

ばあちゃんはにっこり笑って鉢を見せた。

「おいしそうやろ？」

鉢の中にはスイカの皮の漬物が入っていた（笑）。

今にして思うと、魚の骨やお茶の有効活用など、ばあちゃんの生活の知恵で、質素ながらも、俺は栄養たっぷりの食生活を送っていたともいえる。

俺が小学校の低学年のころは、まだ戦争の傷跡が残る時代で、満足に食事を取っていない子どもも少なくなかった。

そんな背景もあってか、学校では子どもの栄養調査が定期的に行われていたんよ。

調査は、朝と晩に何を食べたかを、ノートに書いて提出するスタイル。

俺は正直に書いた。

「朝は、ご飯と伊勢エビのみそ汁と漬物を食べました」

「晩ご飯には、ご飯と焼いた伊勢エビと漬物を食べました」

毎日のように伊勢エビを食べているノートを見た担任の先生は、オンボロのばあちゃんちにやってきた。

きっと先生は、こんな貧乏暮らしの子どもが、毎日のように伊勢エビを食べているなんておかしいと思ったんやろうね。

「これは本当でしょうか？」

先生は、俺のノートをばあちゃんに見せた。

俺は、疑っている先生に憤慨した。

「うそなんか書いてない！　なあ、ばあちゃん、毎日伊勢エビ食べているよな？」

俺は、大きな声でばあちゃんに訴えた。

「あはははは」

ばあちゃんは、俺の声に負けない大きな声で笑いだしたのだ。

「先生、すみません。あれは伊勢エビじゃのうて、ザリガニです」

「は？」

「見た目がよう似てるけん、私がこの子に伊勢エビじゃ言うてたんです」

「そうでしたか」と先生も大笑い。

伊勢エビなんて食べたことのない俺は、すっかり信じ切っていた。

ばあちゃんが一度だけついた罪のないうそで一件落着！

田舎の子どもの遊びは素朴だ。そしてお金がかからない。

川原や野っ原を駆け回って泥んこになって遊んでいるうちに、いとこのおさがりの革靴はあっという間にボロボロになり、俺の足元は、近所の子どもたちと同じように下駄になった。

野っ原で鬼ごっこをしたりしていると、そのうちおなかがすいてくる。

おやつの時間は木登りだ。

田舎では駄菓子屋なんかに行かなくても、おやつはそこらじゅうに実っている。

佐賀で初めて食べたのはムクの実。ほかにもグミやら柿やら、自然にたくさんなっていたもんや。

ムクの実は真っ黒で、小さい実は甘酸っぱくてアンズみたいな味がする。

でも、小さい実やから、いっぱい食べないと満足しない。

だから七、八人で一斉によじ登って、ぶらーんと枝にぶらさがって、枝を揺らして実を取るのが俺たちが考案した効率のいい取り方。

木登りは、おやつも同時に食べられる楽しい時間や。田舎の子どもの知恵は、広島の都会で育った俺には感心させられることばかりだった。

おもちゃも、手づくりだ。

木の上に廃材を組んで秘密基地をつくったこともある。

何もない狭い空間やけど、そこに友だちと肩を寄せ合っているだけでも、何か特別な空気が満ちてドキドキしたもんや。

そこらに落ちてた木っ端でいかだを組んで川下りをしたこともあるなあ。

かあちゃんに会えないのは寂しかったけど、佐賀の田舎暮らしの楽しさが、その気持ちをずいぶんと慰めてくれたもんや。

でもそのうちに、こうした素朴な遊びだけでは満足しないようになってしまった。


金のかからんスポーツやれ！


小学校三年生になると、友だちの間で剣道がはやり始めたんよ。

クラスメートにはちらほらと、道場に通う子も現れた。

俺は実際に剣道をするシーンなんて見たことなかったから、近所の友だちと、こっそり道場の稽古（けいこ）の様子をのぞきにいった。

そこで衝撃を受けた。

いつも一緒に泥だらけでバカを言って遊んでいる友だちが、はかまや防具を身に着けて、真剣な目で竹刀（しない）を振っていたから。

その姿はむちゃくちゃカッコよく見えて、絶対に剣道をやろうと心に決めた。

はやる気持ちを抑えつつ、走って帰ってばあちゃんに言った。

「俺、剣道やりたい」

「やりたかったら、やりんしゃい」

「本当に？ じゃあ明日、一緒に道場に申し込みに行こう！」

「え？ お金かかるんか？ じゃあ、やめときんしゃい」

何度訴えても、ばあちゃんは「やめときんしゃい」を繰り返すばかりだった。

俺はがっかりした。

しょんぼりしている俺に友だちが、「一緒に柔道習いにいかんと？」と声をかけてきた。

剣道ほど心はひかれなかったが、必要なものは柔道着だけで、剣道ほどお金はかからないらしい。

「ばあちゃん、柔道習わせて」

「タダか？」

「いや、タダじゃないけど、剣道よりはお金はかからないって……」

「やめときんしゃい」

でも、このときから何かスポーツをやりたいという心が芽生え始めていたので、その気持ちをばあちゃんに訴えた。

するとばあちゃんは大きくうなずいた。

「やりんしゃい」

俺はめちゃくちゃうれしかった。

ばあちゃんがスポーツを、「やりんしゃい」と言ってくれた！

「あしたから、走りんしゃい」

ん？　走るってなんだろう？　不思議に思った俺は、ばあちゃんに聞いた。

「走る？」

「そう。走るんは道具もいらん。走る地面はタダ。こんなええ運動があるか。走りんしゃい」

うーん。何か、俺が求めているスポーツと違うような気もする。

でも、小学校低学年の俺は、なんとなく納得して走ることにした。

とにかく校庭を走る。

放課後、みんなが楽しそうにドッジボールをしている横を黙々と走る。

それもジョギングちゃうで！

五十メートルの全力疾走を何度も何度も繰り返すんや。

「徳永くん、何してんだ？」と、いぶかしげな視線を投げかけてくるやつもいたが、俺はいたって真面目にスポーツに取り組んでいたのである。

俺のそれまでの放課後は、川原で友だちと遊ぶのが常。

だけどもスポーツを始めてからは、三十分くらい遅れて行くようになった。

それくらい毎日、毎日、ひたすら走っていたのだ。

「きょうも一生懸命に走ってきたよ！」

俺は、得意げに、ばあちゃんに報告した。

「そんなに一生懸命に走ったらいかん」

「なんであかんと？」

「腹が減るから」

あっけにとられている俺に、さらにばあちゃんは言った。

「まさか、靴はいて走っとらんやろね？」

「え？　はいているよ」

「バカタレ――――！」

靴をはいて走っていると答えた俺に、ばあちゃんの雷が落ちた。

「はだしで走れ！　はだしで」

「なんで、はだしなん？」

「靴の底が減る！」

ばあちゃんの言いつけは何でも聞く俺やったけど、この二つだけは聞かないことにして、俺は靴をはいて毎日走り続けた。

かあちゃんが速かったせいか、俺も足が速く、毎日、一生懸命に走っていると、さらに速くなってきた。

もちろん、ストップウォッチで計っているわけやないから、数字ではわからんのやけど、見える景色が変わってきた。

剣道や柔道を習っている友だちのことを、それほどうらやましいとは思わんようになった。けど、ふと、「いつか金持ちになったら、俺も剣道ができるようになるのかなあ」と思って、ばあちゃんに聞いた。

「うちもいつか金持ちになったらええね」

「金持ちになると大変と」

「なんで？」

「いいものを食べたり、旅行に行ったり、忙しくていかん」

「そうかなあ」

いい服着てこけたら、
すぐ立ち上がらないかん。
だから金持ちは、ぎっくり腰が多い。
貧乏は、
雨が降ろうが地面に座ろうが、
何しても平気や。
貧乏でよかった。

さすがに「それは違うぞ！」と心の中でつぶやいたが、ばあちゃんがあまりに自信たっぷりなので、何も言えんかった。

徒競走はいつも一等

「走る」という、ほとんど金のかからないスポーツに、毎日のように懸命に取り組んで一年近くたった。

練習の成果が実って、自分でもびっくりするくらいに、俺は足が速くなっていた。

体育の徒競走では、いつも一位。

そうこうしているうちに、運動会が近づいてきた。

運動会の練習でも、俺はいつも一等や。

「足の速い徳永くん」は、皆にも知れわたり、ちょっとしたヒーロー気分やった。

走りに絶対的な自信を持った俺は、何としてもかあちゃんに見に来てもらおうと思った。

カッコいい俺を、かあちゃんに見せたかったんや。

「かあちゃん、ぼくは毎日、走りの練習をしています。走るのがすごく速くなりました。運動会の練習でもいつも一等です。だから、運動会には、絶対見にきてください」

つたない文章とへたくそな文字で、かあちゃんに頑張って手紙を書いた。

だけども、かあちゃんから、「運動会には行けない」という内容の返事がきた。

俺は悲しかった。

かあちゃんが毎月、俺にお金を送るために一生懸命働いているということは、子どもながらに理解していた。

それでもやっぱり、寂しかった。

あんなに楽しみにしていた運動会なのに、「雨で中止になればええんや！」と、ヤケクソな気持ちになった。

それから、あまり練習にも力が入らないまま、運動会の朝を迎えることになった。

「うめ！　うめ！　うめ！」

庭から聞こえてくる、ばあちゃんの変なかけ声で目が覚めた。

「ばあちゃん何してるん？」

朝からばあちゃんは鶏に向かって、大きな声でハッパをかけていた。

「うめ！　うめ！」

どうやら鶏に、「卵を産め！」と言っているようだ。

ばあちゃんは五羽の鶏を飼っていた。

俺の朝食は、いつも高菜の炒めものと漬物、みそ汁、そしてご飯。

これに鶏が卵を産んだときだけ、卵焼きがつく。冷蔵庫もなかったので、鶏が卵を産んだ日にしか卵を食べることができなかったのだ。

ばあちゃんの料理は、川の「専属スーパーマーケット」と、鶏の気分次第でメニューが決定するというわけ（笑）。

そうか！　ばあちゃんは弁当に卵焼きを入れてくれようとしているんや。

ふだんのお昼は給食だけど、運動会の日は弁当だったので、せめて卵焼きでも、と思ったばあちゃんの優しさだ。

俺はちょっとジーンときた。

「産め！　産め！」

「ココ、コケコッコー！　ケッコウ！」

「何がけっこうや、産め！」

「ケッコウ！　ケッコウ！」

「このバカ鶏が！　産め！」

まあ、鶏にしても、「産め！」と言われて、「はいどうぞ」、と産めるわけでもない。ちょっと鶏がかわいそうになった。

そのうち、ばあちゃんの「産め！」コールに、合いの手が入ってきた。

「産め！　産め！」

「はい！　はーい！」

なんともリズミカルな掛け合い。

なんと、隣のばあちゃんの名前が「ウメさん」だった！

結局、鶏は卵を産まず。俺は梅干しとショウガだけの弁当を持って、運動会に向かった。

雲ひとつない晴天が目に染みた。

かあちゃんが来てくれない運動会。

ばあちゃんも来ない。

ばあちゃんは、俺が転校してきた日に、友だちから「年とったかあちゃん」と言われたことが、ずっと心にひっかかっていたみたいだった。

ばあちゃんは、自分が学校に行ったら、俺が恥ずかしい思いをすると考えていたようで、参観日にも来なかったんよ。

俺はちょっと寂しかったけど、ばあちゃんの気持ちもよくわかる。

俺のためにと思ってのことやから、あえてばあちゃんに「来てくれ」とは言わなかった。

誰も応援に来ない運動会。

だけども、俺は気持ちを切り替えた。

こうなったら、精いっぱい頑張って、絶対に一等をとろう！

二等に思いっきり差をつけてゴールするぞ！

いよいよ俺が出場する低学年の五十メートル走の時間がやってきた。

前半の注目の競走だけに、午前の部の最後の種目だ。

「位置について、よーい……パン！」

毎日ひとりで走っていた校庭を、思いっきり走った。

俺は二位をどんどん離して風を切る。

周囲からは大歓声。

その中を夢中で走り抜け、一着でテープを切った。

「やった！　一等や！　やったよ！」

かあちゃんは見に来られなかったけど、手紙に書けばきっと喜んでくれるはず。もう、俺はそれだけでいいと思った。

朝は憎たらしいと思った晴天やけど、俺は青い空の下で、心から晴れ晴れとした気持ちになった。

ところが、そんな晴れやかな気持ちが、教頭先生のアナウンスで吹っ飛んだ。

たった一人で食べるお弁当

「楽しいお昼休みの時間です。みなさん、お父さん、お母さんと一緒にお弁当を食べましょう」

午前の部が終わり、昼食の時間になったのだ。みんな、応援に来ている家族のもとに走っていく。

あちこちで、家族が輪になってお弁当を食べている。

「よう頑張ったね」

「いっぱい食べんしゃい」

楽しそうな会話や笑い声が飛び交う中、俺はひとり、胸に一等の赤いリボンをつけて、とぼとぼと歩いた。

気持ちは、一等をとったうれしさから急転直下。

天国から地獄や。

そんな俺に、近所の顔見知りのおばさんが声をかけてくれた。

「徳永くん、足速いねー！　おばちゃん、びっくりしたよ。一緒にお弁当食べよう」

ありがたい言葉やったけど、俺は首を横に振った。

「ううん。かあちゃんがあっちで待っているし、いらん。ありがとう、おばちゃん」

そんな誰にでもわかるうそが、とっさに口から出てしまった。

いたたまれず、俺はその場を走り去って教室に向かった。

誰もいない教室。

やりきれない気持ちを持て余しながら、自分の席に座った。

校庭からは、みんなの楽しそうな声が聞こえてくる。

涙が出てきた。

だけども、しっかり腹は減る。

ばあちゃんの喝もむなしく、鶏は五羽とも卵を産まなかった。梅干しとショウガだけの弁当の包みを開けようとした、その瞬間！

「おう、徳永。ここにいたんか」

ガラッと教室の戸を開けながら、そう声をかけてきたのは担任の高森先生だった。

俺は慌てて、涙をぬぐった。

「なんですか？」

「先生の弁当とお前のを取り替えてくれんか」

「え。どうしたんですか？」

「さっきから、おなかの調子が悪くてな。お前の弁当には、梅干しとショウガが入っているんやろ？」

「はい」

「ちょうどええ。そのほうが、おなかにええから、換えてくれ」
おなかが痛いのは、俺も経験があるから、そのつらさはよくわかる。
先生と弁当を交換した。
「ありがとうな」と言いながら、先生は俺の弁当を持って教室を出ていった。
目の前には先生の弁当箱。
初めてばあちゃん以外がつくった弁当を食べる俺。
ちょっと緊張しながら弁当のふたを開けた俺は、思わず大きな声を出した。
「うわ――――っ！　なんやこれ！」
卵焼きに大きなエビフライ、赤いウインナーまで入っている。
それまで俺が見たことも食べたこともない豪華な料理ばかりや。
俺は夢中で食べた。
むちゃくちゃ、うまかった。
世の中には、こんなにうまいもんがあるのかと感激したよ。
おなかがいっぱいになると、心も満たされるもんや。
気分を切り替えた俺は、午後のリレーでも活躍することができた。

運動会のたび、先生が腹痛になって

ところが、その後も、運動会になると不思議なことが起こるようになったのだ。

相変わらず足が速くて、運動会ではヒーローだった。

でも、やっぱり、かあちゃんは仕事が忙しくて運動会には来てくれなかった。

昼休み。去年と同じように一人で弁当を食べようとしていたら、またしても教室の戸がガラッと開いた。

「徳永。今年もここで食べてたんか」

高森先生だった。

「はい」

「先生な、またおなかが痛くなってな。お前のショウガと梅干しの弁当と換えてくれるか？」

もちろん俺は喜んで、先生と弁当を交換した。今年の弁当も豪華で、俺は幸せな気持ちでいっぱいになった。

そしてまた翌年、四年生の運動会。

かあちゃんは、またしても来られない。

いつものように教室で弁当を食べようとしていたら、戸が開いた。

そこに立っていたのは、新しい担任の女の先生だった。

「徳永くんここにいたの？　先生、おなかが痛くなっちゃったの。お弁当、換えてくれないかな？」

こんな偶然ってあるんやろか？

「いいですよ」

俺は、先生のごちそうがいっぱい詰まった弁当と交換した。

この学校の先生は、みんな豪華な弁当やなあ。ほんで、運動会の日になるとおなかが痛くなるほど忙しいんやろか？

そんなことをちょっと真面目に考えてしもたよ（笑）。

でも、翌年も、担任の先生が変わってもみんな、なぜか運動会になると腹痛を起こすのだ。

不思議やなあ、と思っていたけど、その謎が六年生になって解けたのだ。

本当のやさしさって？

小学校最後の運動会が終わった。

晩ごはんを食べながら、ばあちゃんに運動会の報告をしていた。

運動会では一等でヒーローだったこと。そして不思議な弁当の話をした。

「先生が運動会になると、おなかが痛くなるっちゃけん。変な学校やなあ」

「それは、先生がわざとしてくれたとよ」

「え、わざとなん？　でも、先生はおなかが痛かって言うとったよ」

「昭広のために弁当を持ってきたと言うたら、お前もばあちゃんも気ぃ使うやろ？」

「うん」

「だから先生は、おなかが痛いから弁当を交換してくれって言うたっとよ」

「そうやったんか」

「それが本当の優しさと」

どうやら、かあちゃんが運動会に来られなくて、俺が一人で弁当を食べなければならんというのは、先生もわかってたんよ。

その話は、担任が変わっても受け継がれて、せめて運動会の日はおいしいもんを食べさせてやろうと先生たちが策を練ってくれたのだった。

人に気づかれないのが、

本当のやさしさ。

本当の親切。

ばあちゃんは、いつも言っていた。

他人に気づかれるようなやさしさは、本物ではないと。

ばあちゃんの信条やったらしいけど、そう言われても、子どもの俺には、いまひとつピンとこなかった。

たしかに、みんなが家族と弁当を囲んでいる場で、かあちゃんが来られんから先生の弁当を食べろと言われたらうれしいけど、なんか素直に喜べんかったと思う。

ああ、これが本当のやさしさなんや！

この運動会の弁当は、今でも俺の心に深く残っている。

かあちゃんが来られん運動会で、先生が弁当を交換してくれって言うた話を、テレビでしたことがある。

あれは七、八年前。

島田紳助が司会をする番組やった。

紳助は「そんなうまくできた話はないやろ。毎回、毎回、先生が腹痛くなるわけない」と言うて笑てたけど、テレビ局が調べたら、先生はもう高齢になっては って、佐賀県の老人介護施設に入っていることがわかったんや。

それでリポーターが高森先生のところに取材に行って、東京と佐賀との二元中継をすることになった。

俺は東京のスタジオから呼びかけた。

「せんせーい!」

「徳永くん! 覚えてるよ~」

先生は俺と弁当を交換したことを覚えていてくれたんや。

むちゃくちゃうれしかった。

俺は日を改めて、佐賀の先生に会いに行った。

「徳永くんだけやったねえ。一人で弁当を教室で食べてたん」

当時の佐賀の田舎では、離婚をするような家庭がほとんどなく、ひとり親というのが少なかったらしい。

俺の場合は、離婚やなくて、おやじが生まれてすぐに死んだせいやけど、ひとり親であるかあちゃんとも別れて暮らしている。

しかもまだ、小学二年生やった。

当時の運動会では、校庭で家族と一緒に食べるのが当たり前やったから、教室で一人で弁当を食べる俺をほっとけなかったんやと思う。

「こんなお茶も出せん体になってしもて、ごめんねえ」

介護士さんにいれてもらったお茶を飲みながら、俺は泣いた。

先生、ほんまにありがとう！


駄菓子の味見は〝十秒ルール〟


小学校も四年生くらいになると、いろんなことに目覚めてくる。

それまでのおやつは、近所に自生する木の実で十分に満足していた。

ところが、お金に余裕のある家の子どもたちは、駄菓子屋でお菓子を買うようになったんや。

学校の帰り道にあった一軒の駄菓子屋。「ちょっと寄っていくけん。バイバイ!」と手をふって駄菓子屋へ入っていく友だちが、ものすごくうらやましかった。

駄菓子屋には、丸いガラスの入れ物がずらっと並んでいた。

ガラスの中には、あめ玉や「雀(すずめ)の卵」、チャイナマーブルなんかが入っていて、俺にはキラキラと輝いているように見えた。

「雀の卵」というのは、真ん中にピーナッツが入った、しょうゆ風味の甘辛いお菓子で、たしか二個で一円やった。

昔は陶磁器のことを、「チャイナ」と呼んでいた。そのチャイナのように硬くて、マーブル(大理石)のようなつやのある砂糖菓子やから、「チャイナマーブル」。

これが一個一円。

だけども、子どもにとっては安い買い物ではない。

当然、小遣いなんかもらってない俺には買えない。そこで俺はお菓子を買った子に聞くんや。

「どんな味がするん？」

どんな味って聞かれても、味の説明なんかうまくできひんから、たいてい食べさせてくれるのだ。

もらったあめ玉をいつまでもなめていると、相手もしびれを切らす。

「返して」

ほんでしばらくするとまた聞くんや。

「どんな味がするん？」

「さっき食べたやろ？」

「忘れた」（笑）

そのうち、〃十秒ルール〃が生まれた。

俺が何度も味を忘れた忘れたと、味見を要求するもんやから友だちは、「十秒たったら返してよ」と言うようになったんよ。

たとえば、あめの場合は、俺がなめている間、「いーち、にーい、さーん、しーい……」と十まで数えるんや。

これが〝十秒ルール〟。

しばらくたったら、また俺は聞く。

「どんな味がするん？」

そのうちに俺は、友だちがなめている間、「いーち、にーい、さーん、しーい……」と数えるようになった。

そうすると、おかしなもんで、なんとなくお互いが十秒ずつなめるというルールになっていった。

相手にしたら自分が買ったお菓子なんやから、考えてみたら理不尽きわまりないルールやわな（笑）。

しかも、友だちは「いーち、にーい、さーん……」。

俺は「いち、に、さんっ！」と、ものすごい速さで数えた。

さすがに田舎の素朴な子どもも、これは変やと思たんやろね。

「お前は数えるの早か」と抗議してくる。

「そんなことないよ。気のせい、気のせい」

そんなことを言ってはごまかしていたが、あるとき俺の頭の中にお金を手に入れる方法がひらめいた。

何も悪いことするんやないよ。ばあちゃんの知恵を拝借することにしたんや。

ばあちゃんを真似て、初めての買い物

ばあちゃんは朝早くから、佐賀大学とその附属の小・中学校で清掃作業をしていたんやけど、帰ってくるときは音でわかる。

ガラガラ、ガラガラ……。

これが、ばあちゃんが帰ってくるときの合図の音だ。

なんでこんな音がするかというと、磁石をくくりつけたひもを腰にまいて、磁石を引きずって歩くからだ。

こうすると、磁石に鉄くずや釘（くぎ）がくっつくんよ。初めて見たときは、ビックリしたよ、なんちゅうことしてるんやと（笑）。

「ただ歩いてたら、もったいなかと。磁石をつけて歩いたら、もうかるとよ」

当時、鉄くずは、そこそこいい値段で売れたのだ。

「落ちているのに拾わんかったら、ばちが当たる」と、ばあちゃん。

ばちが当たるかどうかはわからんが、釘が落ちていたらタイヤのパンクの原因にもなるし、なにより危ない。

道もきれいになって、お金も手に入る。こんな素晴らしい金もうけをしない手はない。

俺は学校で、お金がなくて駄菓子屋に行けない友だちに声をかけた。

「俺らも駄菓子屋に行こう！」

「行きたいけど、お金なかとよ」

「俺にまかしとき！」

俺の〝駄菓子屋に行こう大作戦〟は、友だちの間で、あっという間に広がった。

そこで、神社の境内で作戦会議を開くことにした。小遣いをもらってない級友たちが五、六人ほど集まった。

「これをつけて歩くんや」

みんなの前に差し出したのは、もちろんひもと磁石だ。

「何、これ？」

けげんな視線が俺に集まったが、俺は自信たっぷりだった。

絶対にもうかる！

俺は境内に集まった友だちに、ばあちゃんの知恵の素晴らしさを説いた。

みんな、半信半疑だったが、まずはやってみようということで、みんなで磁石を引っ張って歩いた。

ガラガラ、ガラガラ……。

ばあちゃんのように腰にひもを結ぶのは、なんとなく恥ずかしくて、犬の散歩みたいにしてあちこちを歩き回った。

ガラガラ、ガラガラ……。

歩いてみて驚いたが、道にはけっこうな数の釘や鉄くずが落ちているのだ。

「こんなにいっぱい釘があったら、危なかとよ」

なんだかいいことをしているような気分になって、堂々と街を練り歩く俺たち。

電柱の近くに行くと、上からポトッと銅線が落ちてきた。見上げると、電柱の上でおっちゃんたちが工事中だった。

当時、アカと呼ばれていた銅線は、いい値段で売れたんよ。

「おっちゃーん！　これもらってもいい？」

「ええよー」

俺たちは宝物を見つけたようにうれしくなって、夕方くらいまで〝駄菓子屋に行こう大作戦〟は続いた。

戦利品をくず屋さんに持っていくと、なんと一人十円ずつにもなった。

ところてんがひと刺し五円の時代やから、十円というのは、大きな小遣いだ。

俺たちは大喜びして、みんなで十円を握りしめて、一目散に駄菓子屋に向かって駆け出した。

初めての買い物。何を買おうかと、考えるだけでもわくわくして、俺たちは舞い上がった。

何よりもみんなで汗を流して働いたあとに、自分のお金で食べる駄菓子は最高にうまかった。

守る人がいるから強くなる

俺は勉強はできんかったけど、足は速かったし、スポーツは何でも得意やった。

そして、けんかもべらぼうに強かった。

なんで、けんかが強くなったのか？

それは、俺には「守りたい人」がいたからなんよ。

ばあちゃんには七人の子どもがいて、一番上が俺のかあちゃん。末っ子に次男のアラタちゃんがいた。

つまりアラタちゃんは、俺の叔父さんになるんやけど、俺とは七歳しか離れてなかった。

このアラタちゃんは、三歳のときの事故が原因で知的障がい児になった。

アラタちゃんとは、ばあちゃんと暮らすようになって、初めて会った。

でも、まだ小さかった俺には、特にアラタちゃんが変わっているという感覚はなかった。

ご飯をよくこぼすなあとか、よく寝ているなあ、と思ってたくらい。

もちろん、障がい児というものの概念すらなかった。

それに気づいたのは、周囲の態度からだった。

アラタちゃんは、いじめのターゲットにされていたのだ。

「アホがうつるから向こう行け！」

今なら、そんなこと言うたら、人権問題で大騒ぎになるやろね。

でも、当時はそんな心ない言葉を投げかける人もいた。

石を投げてくる子どももいた。

アラタちゃんは、何を言われているのかよくわかっていなかったかもしれんけど、俺はむちゃくちゃ悔しかった。

「アラタちゃんを守らんとあかん！」

いつしか俺の中にそんな気持ちが生まれてきた。

俺がアラタちゃんのナイトになろう！

俺はアラタちゃんを守るために、強くなろうと心に誓った。

だけど、それは簡単なことではなかったんや。

なんでかというたら、ばあちゃんからきつく釘を刺されていたから。

もし、反撃して相手にけがでもさせたら大変なことになる。病院代を請求されるかもしれん。

だからばあちゃんからは、どんなことがあっても我慢しろと言い聞かされていた。

でも、あるとき、どうにも我慢ができんことがあった。

アラタちゃんが、木にくくりつけられて、サンドバッグのように数人のいじめっ子たちからボコボコに殴られていたんや。

アラタちゃんの顔は、鼻血で赤く染まっている。

俺の堪忍袋の緒が切れた。

そこらへんに落ちていた太い棒を振り回しながら、猛ダッシュした。

「アラタちゃんをいじめるなーっ！」

俺は夢中で棒を振り回した。何発かは相手にヒットしたと思う。

いじめっ子たちは、俺の迫力に圧倒されて、アラタちゃんを殴るのをやめた。

そして口々に「あほー！」とか言いながら、走って逃げていった。

無我夢中だった。

やった！　アラタちゃんを守った！

ハアハアと息を切らしながら、安堵と達成感に包まれた。

でも、すぐに不安が襲ってきた。だって、ばあちゃんの「手を出すな、我慢しろ」という言いつけを守らなかったのだ。

いじめっ子の親が怒鳴り込んできたらどうしよう。もしかしたら、けがをさせたかもしれない。

俺は途方に暮れながら、アラタちゃんの手を引いてトボトボと家路についた。

いじめっ子に殴られたアラタちゃんの顔は、鼻血で真っ赤。

俺は全身泥だらけ。

ばあちゃんから大きな雷が落ちるのは目に見えている。

家の前まで戻っては来たものの、家に入るのが怖くて、しばらく戸の前で立ちすくんでいた。

でも、いつまでもこうしているわけにはいかん。ばあちゃんに怒られるのを覚悟して、「えいっ!」と家の戸を開けた。

するとばあちゃんは、明らかに普段と様子の違う俺たちを見ても、何も言わんかったんよ。

ばあちゃんが言ったのは、たった一言。「風呂に入れ」だけだった。

大立ち回りのあとの風呂は、最高に気持ちよかった。

けど、なんでばあちゃんは怒らんかったのやろ?

あ、そうか。きっと風呂からあがったら、怒られるんや。俺は風呂の中で、いろんな言い訳を考えた。

たしかに、ばあちゃんの言いつけは守らんかったけど、いじめられているアラタちゃんを見過ごすことはできなかった。

もし、いじめっ子の親が怒ってきたら、棒で殴ったことはちゃんと謝ろう。

でも、病院代を払えと言われたらどうしよう。うちにはそんなお金なんかあるわけない。困った。

そんなことを考えていたら、いつもより長風呂になってしまった。

ところが、である。

怒られる覚悟はできていたのに、風呂から上がってもばあちゃんは何も聞かんし、何も言わんかったんよ。

拍子抜けしてたところに、なんと、いじめっ子とその親がやってきたのだ！

俺は全身から血の気が引いた。

ばあちゃんの言いつけを聞かずに、いじめっ子を殴ってしもた。

必死やったし、よく覚えてへんけど、けがとかしてたらどうしよう。

俺は泣きそうになりながらも、いじめっ子の親子にちゃんと謝ろうと思っていた。

恐る恐る、いじめっ子の親子がいる玄関まで出ていった。

いじめっ子と目が合う。

気まずい。

しかし、謝ったのはいじめっ子の親だった。

「よく話を聞いてみたら、徳永くんに殴られたんは、うちの子がアラタちゃんをいじめたことが原因やとわかった。本当にすまんかった」

と、今回のことだけでなく、これまでアラタちゃんをいじめていたことも、ちゃんと謝ってくれた。

親子が帰ったあと、ばあちゃんは、「ばかが。もう手を出したらあかんぞ」とだけ言った。

最初は半分泣いていた俺だけど、途中から、その涙はうれし涙に変わったよ。

うわさは、あっという間に広がる。

アラタちゃんを守って、いじめっ子を倒した話は、みんなが知ることとなった。

「あいつを怒らせたら怖い」

俺のことを、みんながそんなふうに思うようになったらしい。

そら、ただのけんかと違って、アラタちゃんを守るために必死やったから、迫力が違ったんやと思う。

それからは、ばあちゃんに言われた通り、手は出さんようになった。

でも、なんかあったら、いつでもけんかする覚悟みたいなんはできてたから、にらみがきいてたんやろね。

小学校は八クラスあったんやけど、学年のボス的な存在になったんや。


アラタちゃんがいたから漫才師になれた？


叔父であるアラタちゃんのことは、これまであんまり話もせんかった。『佐賀のがばいばあちゃん』のエッセーにも書いてない。

ばあちゃんとの二人の話やから、アラタちゃんを加えると話が広がりすぎるということと、親戚(しんせき)への配慮もあった。

でも、アラタちゃんの話なくして、俺とばあちゃんの佐賀での暮らしは語れないと思うんよ。

だから、アラタちゃんの話を続ける。

アラタちゃんと初めて会ったとき、俺は七歳やった。

ちょうど、アラタちゃんの精神年齢もそれくらいやったんかなあ、体は大きいけど、自分と同じような感覚しかなくて、いつも一緒に遊んでた。

だけど、俺が三年生になったくらいから、だんだん、「なんか違うなあ」と感じるようになってきた。

まず、ちゃんとしゃべれん。

俺のことも「あきひろ」と発音できなくて、いつも「あーきろ」と呼んでいた。

アラタちゃんは、よくてんかんを起こした。そんなときは、舌をかまんように、口の中に手拭(てぬぐ)いを入れるんや。

ばあちゃんの寝る部屋には、たんすが置いてあったんやけど、昔のたんすって、引き手に金具の輪っかがついていたんよ。

そこに、いつも手拭いが二、三本かけてあったのを思い出す。

てんかんは週に一、二回かな。三十分ほどしたら治るんやけど、いつ起こすかわからんのよ。

もし風呂に入っているときに、てんかんが起きたら大変なことや。

ばあちゃんから、「昭広、ちゃんと見とけ」と言われて、いつもばあちゃんがアラタちゃんを風呂に入れるのを見ていたことを思い出すよ。

今にして思うと、障がいという概念がなかったころに、アラタちゃんと出会ったからよかったんやと思う。

四年生くらいからかなあ。

「あれ、この人、大きいのに、学校に行かへんし仕事もしてへん。急に飛び跳ねたりするし、なんかちゃうなあ」と思い始めた。

そこからかな、「守らなあかん」と思うようになったんは。

もし俺が中学生くらいになってたら、叔父さんとはいえ、やっぱり違和感は覚えてたと思うんよ。

アラタちゃんは、俺が学校に行くときに、よく学校の近くまでついてきた。

門のところで、「ここからは入ったらあかん」と言うたら、大きな声で、「うん。わかった！」と言うて帰っていった。

たまには学校まで、俺を迎えにくることもあった。

学校は城の中やったから、門の外の石の上に、ちょこんと座ってるんよ。

そんなアラタちゃんを見て、「またアホが来てるで」というやつもいた。

なかには、小突いたり、ちょっかいかけるやつもいた。

そんなやつには、「俺の叔父さんをいじめるなー！」と、かかっていったこともある。

俺が漫才師になったころかな。親戚から、「アラタがおったから、お前が漫才師になれたんちゃうか？」と、言われたことがあるよ。

なんでかというたら、アラタちゃんの言うこと、することは、ほんまに面白かったんよ。

それも、人を笑わそうという意図がないからよけいに面白い。

アラタちゃんから笑いを学んだ部分は、大きかったかもしれんね。

たとえば、中学の野球部の県大会。

俺は選手宣誓をすることになった。

宣誓のせりふを一生懸命に覚えて、緊張しながら壇上にあがったんよ。

深呼吸して、さあ、やるぞ！　とグラウンドを見渡したら、なぜかアラタちゃんが本部席に座っている。

校長先生とか偉い人たちと肩を並べて、本部席のテントの中で、すました顔で座っているんよ。

その場にそぐわん浴衣（ゆかた）姿やし、なんかちょっと違うという雰囲気は、誰の目にも明らかやったから、周りも注意できんかったんやろなあ。

その周囲の、なんとなく気まずそうな空気も面白くて、思わず吹き出しそうになったもんや。

アラタちゃんは、野球部の練習にもよくやってきた。

俺が練習してると、「あーきろ！」と大きな声で応援するんよ。

それで、俺らがベースランニングを始めると、アラタちゃんも一緒に走る。

当然、ベースランニングのことなんてわかってない。

めちゃくちゃ走る（笑）。

三塁から一塁に行くなんてこと、おかまいなしや。

「あーきろ！」と叫びながら、楽しそうに走ってる。

俺は練習しながらも、笑いをこらえるのが大変やったよ。

もう、そのころには、誰もアラタちゃんをいじめる人はおらんようになった。アラタちゃんの服には住所と名前を書いた布が縫い付けてあったから、アラタちゃんがどっかで迷っていたら、ちゃんと家に連れてきてくれるようになったよ。アラタちゃんが亡くなったのは、俺が漫才師になってから。二十七歳か二十八歳のころかなあ。

だからアラタちゃんは三十代半ばくらいやったと思う。

アラタちゃんは、「アラタ、いくつ?」と歳を聞かれると、「さんじゅう!」と言うてたから、よくわからんのよ(笑)。

「じゅうしち」とか「じゅうはち」とかを発音しにくかったんやろね。

若いころから死ぬまで三十歳(笑)。

ばあちゃんはいつも、「アラタは私より先に逝かんとなあ。私が死んだら誰が面倒みるか」と言うてた。

ばあちゃんにそんなことを言われると悲しくなって、俺はいつも、「俺がみる!」と言うてたし、本気でそう思ってた。

アラタちゃんが亡くなったとき、ばあちゃんは、「私より先に逝ってくれて親孝行じゃ」と言うた。

そのころから、障がい者を預かる施設ができ始めて、そういった子を持つ親は施設に預ける人が増えてきていた。

なかには預けっぱなしで、「うちには、そんな子はおらんばい」という人もいた。

だけど、ばあちゃんは、

わが子の頭が悪かろうが、
恥ずかしいことなんて、
なんもなかばい。

と、いつも言っていた。

そんな、ばあちゃんの姿勢と、ばあちゃんのそれまでの苦労を知っているだけに、アラタちゃんが亡くなったときのばあちゃんの言葉が、ものすごく心に響いたよ。

今でも親戚が集まると、アラタちゃんの思い出話に花が咲く。みんなに愛されていたアラタちゃんだった。

今は、アラタちゃんのような障がいのある子どもは、支援学級に通うケースが増えている。

でも、俺が子どものころは、そういう子どもが各クラスに一、二人はいたもんや。

「世の中にはいろんな人がいる」ということを、早いうちから肌で知るためにも、みんな一緒のクラスで勉強したほうがええと、俺は思ってるよ。

中学の同級生にK田くんという、軽度の知的障がいの子がいた。

普通にしゃべったり、授業は受けられるのやけど、雨が降ってきたら、それが二時限目でも、「雨降ったし、帰る!」と帰ってしまう、ちょっと変わったやつだった。

俺がアラタちゃんを守ってけんかしたことを知っているK田くんのお母さんが、登校前に彼を俺のとこに連れてくるんよ。

「徳永くんと一緒やったら、いじめられんやろ」と(笑)。

K田くんの家はお菓子屋さんやったから、いつもお母さんが、割れたり形が崩れたお菓子を持ってきてくれた。だから、中学時代はお菓子に恵まれた生活やったなあ。

K田くんは今でも、同窓会には必ずやってくる。

あるとき、俺が漫才師「島田洋七」としてトークをしたことがあるんやけど、「徳永くんがなんで島田？　名前が二つもあるん？」と聞いてきた。同窓会が終わるまで、「名前が二つ？」と何度も聞いてきたなあ。

K田くんは内装の会社に勤めていて、障子を張る仕事をしている。

「他の仕事はしないのか？」と聞かれたら、「俺はえらいから、これしかせんでええねん」と胸を張っていた。

俺は、K田くんのそんな前向きな考え方が大好きや。

貧乏はアイデアの宝の山

今の時代は、電化製品でも食べ物でも、なんでもあるのが当たり前やけど、俺が子どものころの日本は、物がないのが当たり前やった。

なかでも、ばあちゃんちは、特別に何もなかった（笑）。

だけど、物がないからこそ生まれるアイデアもある。

あれは俺が小学校三年生のときの遠足やった。

ばあちゃんに、「水筒ないの？」と聞いたら、「湯たんぽがあるやろ」と言われた。

「え？　湯たんぽをどうするん？」

「それにお茶を入れていったらよか」

それはないよ、ばあちゃん！　と思ったけど、水筒がないよりは、ましである。

俺はお茶を入れてもらった湯たんぽを、ひもでしょって家を出た。

湯たんぽを背負った俺は、クラスじゅうどころか、道ゆく人にまで注目された。

当然やわなあ（笑）。

恥ずかしい思いをしたけど、遠足の帰り道に事態は変わった！

皆、歩き疲れて、喉（のど）はカラカラ。だけども水筒は空っぽ。

ところが、俺の湯たんぽには、まだたっぷりお茶が残っていた。

「徳永くん！　飲ませて！」

みんなが俺のところにやってきた。

俺も、お茶が減れば湯たんぽが軽くなるので、大歓迎！

気前よく、みんなにお茶を振る舞っていたら、「ありがとう！」と、お菓子をくれる子もいた。

もうね、わらしべ長者の気分（笑）。

〝湯たんぽは、足を温めるだけの道具〟という考えにとらわれない、ばあちゃんのアイデアのたまものや！

つらいことは、笑いに替えて

小学二年生で佐賀に一人で来て、最初のうちは寂しくてよう泣いた。けど、田舎の生活にも、貧乏な生活にも、すぐに慣れた。

ばあちゃんが、かあちゃんみたいなもんで、寂しいと思ったことはそれほどなかった。

それが四年生くらいになると、かあちゃん恋しい思いが、だんだん募るようになってきてしもた。

夏休みは毎年、かあちゃんのところに帰っていた。かあちゃんに会えるのが楽しみで楽しみでね。

だから、夏休みが始まると、すぐ広島に帰って、八月三十一日のぎりぎりまで、かあちゃんのそばにいた。

そのころからかな、柱に「あと〇日でかあちゃんに会える」と書いた紙を貼るようになったのは。

毎日、減っていく数字を書き換えるのが楽しみな日課になっていたんや。

広島から帰ってきた日にすぐ、「あと三百二十日」とか書くもんやから、ばあちゃんは、「帰ってきたばかりたい」と笑ってたよ。

でも俺が大人になってから、「それが内心つらかった」とばあちゃんから聞いた。

学校から帰ってくるときも、つい、「かあちゃん、ただいま！」と言うてしまうことがあった。

洗濯物とかも、つい、「かあちゃん、これ洗っといて」と言うてしまうこともあった。

そんなとき、ばあちゃんは、「私は、ばあちゃんばい。そげん若く見えるとね？」と笑っていたけど、あとで聞いたら、つらくて、笑いにもっていくしかなかったらしい。

　つらいことも笑いにするばあちゃんに、俺は、人生でものすごく大事なことを教えてもらったと思っている。


冬と春は、汽車は走らん！


大好きなかあちゃんに会えるのは、年に一回。夏休みだけだった。

いや、待てよ。学校には夏休みだけじゃなくて、冬休みや春休みもある。

ある冬の日、ふっとひらめいた。

「冬休みも春休みも、広島に帰ればええんや！」

俺はなんて頭がいいんや！　さっそく、ばあちゃんにお願いした。

「ばあちゃん、今度の冬休みに広島に帰りたい」

「それは無理たい」

「なんであかんの？」

「冬は汽車が走っとらん」

俺はがっかりした。せっかくいいアイデアだと思ったのに、冬に汽車が走ってないとは知らなかった。

「そしたら、春休みは？」

「それも無理たい。春は運転手さんに用事があって、汽車が動かせんのよ」

ああ、そうやったんか。俺が夏休みだけしか広島に帰れんのは、やっぱり理由があったんや。

あきらめたものの、広島へ帰りたいという思いは、おさまらなかった。

そこで俺は、広島へと続く線路だけでも見たくて、友だちを誘って線路を見に行くことにした。

「この線路をずっとずっと走っていくと、広島に着くっとばい」

「へー、この先が広島なんかあ」

広島に行ったことのない友だちは、どこまでも続く線路を感慨深く眺めていた。

と、そのときだった。

ガタン、ゴトン、ガタン、ゴトン。

なんと向こうから汽車がやってきた。

「うわあ、汽車や、汽車が走っとっと！」

俺の、ひどくびっくりする様子に、友だちも、えらくびっくりしてしもた（笑）。

なんで冬やのに、汽車が走るんや？

「冬は汽車が走らんから、冬休みは広島に帰れん」と、ばあちゃんは言った。

だけど、たった今、目の前を汽車が走り抜けていったのだ。

手を振ったら、汽車の中から手を振り返してくれる人もいた。

もしかしたら、最近、冬でも汽車が走るようになったんかもしれん。

夏まで待たんでも、もうすぐ、かあちゃんに会える！

そう思ったら、居ても立ってもいられなくなった。

これは、ばあちゃんに知らせんといかん。

俺は友だちをそっちのけで、必死に家に向かって走った。

「ばあちゃん、汽車が、汽車が……」

息が切れて、言葉が続かない。

「どうしたんや、そんなに慌てて」

「汽車が……走ってた。今年の冬は、汽車が走るようになったんや！」

「まさか、そんなこと、なかばい」

「今、見てきたもん！」

「ああ、それは貨物列車や。人は乗れん」

「違う！ 人が乗ってたんや。手を振ったら、ちゃんと返してくれた」

「手？ それは家畜と間違えたんやろ」

ばあちゃん、ああ言えばこう言う（笑）。

いくら俺でも、豚と人を間違えるわけがないよなあ。

なんとか俺をごまかそうと、ばあちゃんは頭をくるくると回転させている。

そんな奮闘ぶりを見ていると、俺も笑うしかなくなったよ。

でも、子ども心になんとなく、夏休みしか広島に帰ったらあかんのやなあ、ということも理解した。

夏休みしか、広島に帰れない。

線路を歩いて、かあちゃんのところへ……

思い出に一番も二番もないんやけど、今でも夕暮れになると、ふと思い出すことがある。

あれはまだ、小学二年生か三年生の冬。

友だちと空き地で遊んでたんやけど、さすがに寒くなってきた。

「寒いし、家で遊ぼう」ということになって、友だちの家に遊びにいった。

友だちは当然のように、「かあちゃん、ただいま！」と言うわな。すると、「おかえり〜。あ、徳永くん、いらっしゃい」とお母さんが出てくる。

友だちにしたら、当たり前の日常なんやけど、それが、ものすごくうらやましくて、うらやましくて、たまらんかった。

「なんでうちには、かあちゃんがおらんのや！」

子ども心に、かあちゃんの仕事が忙しいから、預けられていることを理解はしていたけど、どうにもならん衝動やった。

友だちの家からの帰りに、もう、かあちゃんに会いたくてたまらんようになって線路まで走りだしたんや。

「この線路は広島まで続いている」

そう思ったら、自然と足が広島方面に向かって動き出した。

とぼとぼとぼ。

夕方の五時半くらいやったかな。

冬やったから、周囲がだんだん暗くなり始めた。

歩いて広島まで行けるとは、さすがに俺も思ってはなかったけど、歩かずにはおれんかった。

すると、後ろから声がした。

「ボク、どこ行くの？」

声の主は、自転車にまたがったおまわりさんやった。

「うわ、おまわりさんや！　怒られたらどうしよう」とドキドキした。

「こんな時間にどこ行くの？」

「広島」

「今から広島か？　歩いてか？　それは無理やろ」

「でも歩いてたら、いつか行けるかもしれん」

「なんで広島に行くんや？」

そこで、かあちゃんが広島にいること、佐賀のばあちゃんちに預けられていること、友だちの家に行ったら、友だちが「かあちゃん、ただいま」と言うたことがうらやましくて、たまらんかったことなんかを一気にしゃべった。

おまわりさんは、俺の話を黙って聞いて、「ボク、家どこ？」と言った。

「水ケ江です」

「えらい遠いなあ、自転車でも三十分はかかるな。送ったげるし、後ろに乗り」

俺は黙って、おまわりさんの自転車の荷台に乗った。

家までの道中、なんの歌かは思い出せんのやけど、おまわりさんは、ずっと歌を歌ってくれた。

俺はいろんな感情がごっちゃになって、涙が出そうになるのをぐっと堪（こら）えていた。

家の近くまで送ってくれたおまわりさんは、やさしい笑顔で言った。

「警察官が家に行ったら、ばあちゃんびっくりするかもしれん。まだ六時半やし、友だちと遊んでて遅くなったと言うとき」

俺はおまわりさんに言われた通りに、何事もなかったように、「ばあちゃん、ただいま！」と家に帰った。

今、思うと、おまわりさんの言動こそ、ほんまの気遣いやね。

これこそ、逆付度（そんたく）や（笑）！

かあちゃんからの手紙を盗み読む

俺とかあちゃんは、しょっちゅう手紙のやりとりをしていた。

手紙の内容は、友だちと遊んだこととか学校のこと、そして学校で必要なものや欲しいものを書いていたなあ。

「あれと、これがいるので、送ってください」

そんな手紙には〝あれ〟の部分は送ってくれるけど、〝これ〟は届かないことが多かった。

全部は無理やけど、せめて半分だけでも、という、かあちゃんの愛情やろね。

それと同時に、女一人で朝から晩まで働いて兄貴を育て、俺に仕送りをするかあちゃんの大変さも、痛いほど感じた。

かあちゃんからの手紙はいつも、俺宛てと、ばあちゃん宛てが一緒に届いた。

もちろん、俺は俺宛ての分しか読ませてもらえない。

ある日のこと。

茶の間で、ばあちゃんと自分宛てに届いた、かあちゃんの手紙を読んでいた。

すると玄関から「ごめんください」の声。お客さんが来たのだ。ばあちゃんは、手紙をそのままにしたまま、玄関に出ていった。

盗み見をするつもりはなかったけど、何気なく手紙をのぞき込んでみた。

「前略　昭広は元気ですか」とある。

俺のことが一番最初に書いてある！

なんだか、ものすごくうれしくなった。

ばあちゃんに叱られるかもしれん、という思いは頭をよぎったけど、つい、その先を読んでしまったんや。

手紙を読み進めるとだんだん、かあちゃんの苦しい近況がわかってきた。

「毎月五千円を送っていましたが、今月は苦しくて、二千円しか送れません。お母さん、なんとかお願いします」

俺の手は、手紙を落としそうなほど震えだした。

どうしよう……。

かあちゃんの苦しい近況がつづられた手紙を、盗み読みしてしまった俺。

そんなこととは知らずに、ばあちゃんは茶の間に戻ってきた。

俺は平静を装って、何食わぬ顔で座っていたけども、もう、どうしていいかわからなくなっていた。

まず、手紙を勝手に読んでしまったことに対する罪悪感。

そして、ただでさえ貧乏なのに、今月は二千円しか仕送りがない。

当然、広島までの切符なんて買えるわけがない。

いや、それどころか、来月までちゃんと食べていけるんやろうか。

いろいろ考えて出した結論。

それは、ご飯を控えることだった。

なんでかというたら、ばあちゃんちの食卓は、おかずが少ない。

だから、おなかをいっぱいにするために、いつも何杯もご飯を食べていたんや。

少しでも食べる量を減らして、家計の助けをしようと俺は心に決めた。

そうこうしているうちに、晩ご飯の時間がやってきた。

おかずは、漬物と野菜の煮物が少し。

すぐに茶わんは空っぽになった。

いつもなら、元気に「おかわり！」という場面なんやけど、その日はそこで茶わんと箸（はし）を置いた。

「ごちそうさま」

「どうしたと？」

「いや、もういい」

「なんでね？　おかわりは？」

「……いらん」

「具合でも悪かとね？」

「別に」

そこでばあちゃんは、はっと気がついたように言った。

「手紙、見たのか？」

普段はご飯をおかわりする俺が一杯で箸を置いてうなだれている様子を見て、

ばあちゃんも気がついたようだ。
俺が、かあちゃんから届いた手紙を見てしまったことを。
駄目だ、ばあちゃんにバレてしまった。
俺はさらにうなだれて小さな声で、「うん」とうなずいた。
そんな俺を見たばあちゃんの表情は、今でもはっきりと思い出せる。
怒っているような、悲しんでいるような、何とも言えない顔やったよ。
「うわ、どうしよう……」
俺はもう、たまらんようになって家を飛び出した。
無我夢中で夕焼けの街を駆け抜けた。
気がついたら、土手のあたりやった。
一息ついたら、それまでこらえていた涙が一気にあふれだしたんや。
大きな声を出して泣いた。
何もかもが悔しくて、悲しくて、腹立たしかった。
いろんな負の感情が湧いてきて、俺はただ、ただ泣くしかなかった。
ひとしきり泣いたら、少し落ち着いてはきたものの、このまま帰ったら、ばあちゃんはまだ起きている時間や。

　ばあちゃんと顔を合わせるのが、ものすごく気まずくて、むやみに土手を歩き回ってみたりした。

　体を動かすと、ようやく気持ちも落ち着いてきた。

　日が暮れて、あたりが暗くなってきたころに、そっと家に戻ってみた。

　どうやらばあちゃんは寝ているようだ。足音を忍ばせて自分の部屋に戻ってみた。

　すると、きちんと敷かれた布団の枕元に、布巾をかけたお盆が置いてある。

　何だろうと思って、布巾をめくって、俺はまた泣きそうになった。

　枕元に置いてあったのは、大きなおにぎり。そしてばあちゃんの手紙。

「ご飯くらい、食べなさい」

　せっかく引っ込んだ涙が、またあふれそうになってきた。

　ばあちゃんのやさしさで胸はいっぱいなんやけど、体は正直なもんや。腹までは、いっぱいにならんかった（笑）。

　俺が泣きながらおにぎりを頬張っていると、ガラッとふすまが開いた。

ばあちゃんだ。

「帰ってたんか」

「うん」

ばあちゃんは何も言わず、おにぎりを食べる俺をじっと見ていた。

気丈なばあちゃんやから、涙はこぼさんかったけど、そのときのばあちゃんの瞳が、涙でゆらゆらと揺れていたのを覚えている。

「先祖代々、貧乏！」と、いつも笑っていたばあちゃんが初めて見せた涙だった。

今のうちに貧乏しておけ！

金持ちになったら、

旅行に行ったり、

すし食ったり、

着物を仕立てたり、

忙しか。

そんなことを言っていた、ばあちゃん。

でも、実は先祖代々の貧乏ではなかったのだ。

本当はお嬢さん育ちだったばあちゃん

大人になってから知ったんやけど、ばあちゃんの生家は持永家といって、代々、佐賀・鍋島藩の乳母をつとめた名家だったんや。

お嬢さん育ちのばあちゃんは、自転車屋をやっていたじいちゃんと結婚した。

当時、自転車は高級品やったから、いわばエリートや。

ところがその幸せは、長続きしなかった。

じいちゃんとばあちゃんは、五女二男の子どもにも恵まれ、幸せに暮らしていた。

ところが、じいちゃんは、たった五十歳で、四十二歳のばあちゃんを置いて亡くなってしまったのだ。

末っ子のアラタちゃんは、まだ赤ちゃん。かあちゃんたちも、まだ子どもだ。

当然、フルタイムで働ける時間もない。

それで始めたのが、学校の清掃の仕事だったんや。

ばあちゃんはよく言っていた。

もし泥棒に入られても、

何もとられる物はない。
あんまり何もないから、
置いて行ってくれるかも、
わからんばい。

たしかに、ばあちゃんちには家具らしい家具も何もなかった。だけど、たった
ひとつ自慢の品があった。

それは長持。

時代劇なんかで、お姫様が輿入れするときに、家来がかついでいく長方形の大
きな木の箱だ。

昔、鍋島藩からいただいた貴重な品らしく、立派な御紋が入っていた。

ばあちゃんはこの長持を、それはそれは大切にしていたもんや。

長持を大切にするのはいいのやけど、大切なものを全部長持に入れるんには、
ちょっと困った（笑）。

着物はもちろん、現金や書類、手紙。重要なものは全部長持に入れる。

ばあちゃんは下戸だったけど、来客があると昼でも夜でもビールを振る舞うの

が好きだった。

当然、来客をもてなす大切なビールは、長持の中（笑）。

「まあビールでも飲んでいきんしゃい」と、冷蔵庫じゃなく長持を開ける家は、たぶんうちだけだったと思う（笑）。

ばあちゃんはよく、

ケチは最低！

節約は天才！


と言っていた。

節約はするけれど、使うべきところではパッと気前よく使うのが、ばあちゃんの金の使い方。

ケチとは違うんや。

節約に関しては、もう徹底していた。

お茶殻や魚の骨は、砕いてふりかけにするなんてのはお手の物。

川に流れ着いた木っ端を拾って風呂をわかしたり、磁石で鉄くずを拾ったり……。

これは単に貧乏やったから、というだけじゃなくて、物を大切にするという考え方が根っこにあったと思うんよ。

高価な着物は着てへんかったけど、いつもしゃんとして、どこか品のある風情と、そうしたお金に対する美学は、やっぱりお嬢さん育ちやったんやなあ、と思う。

お嬢さん育ちのばあちゃんにとって、きっと貧乏は初めての経験だったと思う。だけど、貧乏に負けることもなく、人をねたむこともなく、いつも明るく笑っていた。

状況を素直に受け入れて、適切な行動に移す対応力は、見習いたい部分がいっぱいあるよ。

ばあちゃんはとにかく、働き者だった。

佐賀大学の附属の小・中学校の清掃の仕事で、子どもたちを育て上げた女丈夫。学校の清掃は、先生や生徒たちが来る前に、きれいにしとかんとあかん。だから、朝のまだ暗いうちから、デッキブラシをかついで仕事に出かけていたばあちゃん。

明治三十三年（一九〇〇年）生まれ。

まさに二十世紀の生き字引や。

スッポンで二十四色クレパス

小学四年生のころ。俺はものすごく欲しいものがあった。

それはクレパスだった。

当時、俺のクラスでは、俺以外の全員が十二色のクレパスを持っていた。

俺は持っていなかったので、図工の時間は人から借りて絵を描くしかない。

物のない時代だったから、みんな、クレパスを大事に使っていて、貸してはくれるものの、「ちょっとだけにして」「あんまり使いすぎたらかん」と、細かい注文がついたもんやった。

だから、あっちから借りてちょこっと塗って、こっちから借りて……。

そんなふうにして描いているもんやから、右の眉（まゆ）は黒やけど、左は青とかになって、かあちゃんの顔も、まるでピカソ（笑）。

前衛的すぎる絵は、かあちゃんに送るのも恥ずかしくて、部屋に隠してたなあ。

そんな俺が、なんと二十四色のクレパスを手に入れる〝事件〟が起こったんや。

ある日のことだった。

俺は近所に住む、喜佐子おばちゃんの子どもで、四歳年上のいとこと一緒に、城のお堀で手づくりのいかだに乗って遊んでいた。

お堀の流れは緩やかやから、のんびりといかだで遊ぶには、もってこいなんや。

ところが、いかだが何かに引っかかったんやろね、急に動かなくなってしもたんや。

仕方ないから、俺たちはお堀に入って、いかだを押して歩き始めた。

と、そのときだった。

ぐにゅ！

足の裏にものすごく嫌な感触。気持ち悪い何かを、俺は踏んづけた。

「なんやろ」と、水底から踏んだものを引っ張り上げた俺は、腰を抜かしそうになった。

「うわあ、なんやこれ！」

足元の気持ち悪い感触は、見たこともない形をした亀だった。

「なんや、これ。変な亀」

毒とか持ってたらどうしよう。俺は思いっきり踏んづけてしもた。

そんなことを考えていたら、いとこが、すっとんきょうな声を上げた。

「それ、スッポンやあ!」

「スッポンって何?」

「昭広、スッポンは高級ばい。魚屋に売ったらええ金になるとよ」

こんな変な顔した亀が売れるなんて、にわかには信じられなかったが、俺たちはスッポンを抱えて、大急ぎで家に走って帰った。

すぐさまバケツに移し替えた。

目指すは魚屋だ!

もうね、びっくりしたよ。

なんと!　スッポンは八百四十円!

俺といとこは、それを山分けして、四百二十円という大金を手にすることとなった。

俺たち、にっこり。

棚からぼたもちを得た俺は、その足で文房具屋へと走ったよ。

「四百二十円で買えるクレパスありますか？」

「三百八十円で二十四色入りのがあるよ」

「えっ、二十四色？　そ、それください！」

クレパスって十二色という概念しかなかったから、二十四色のがあるなんて、俺はむちゃくちゃびっくりした。

家に帰って、ドキドキしながら二十四色のクレパスの箱をそっと開けてみた。

「すごい！　なにこれ……」

そう、そこには今まで見たこともない色が、いっぱい入っていた。

なかでも驚いたんが、金と銀。

ほかの色と違って、何かすごくありがたいもののような、大きな存在感があった。

「よし！　あした、学校に持っていこう！」

友だちが十二色のクレパスしか持っていない時代に、二十四色入りを手に入れた！

俺はうれしくて、うれしくて、学校に着くやいなや、机の上にクレパスを置いた。

だけど、一時限目は国語やった（笑）。

それどころか、その日は図工の授業はなかったんや。

「徳永くん、何やこれ？」と先生。

俺はクレパスと言わずに、「二十四色です！」と大きな声で答え、ふたを開けて見せた。

たぶん、先生が期待していた答えと違ったと思うけど、「へー！　すごいな」と言ってくれた。

その当時は、二十四色入りのクレパスなんて、誰も持っていなかったから、休み時間になると、みんな集まってきた。

珍しそうに箱の中をのぞき込んで、

「すごい！　金も銀もある！」

「箱が長い！」

「いいなあ。こんなの初めて見た」

と、ため息をついている。

俺はもう、むちゃくちゃうれしかった。

それからしばらく、雨の日も風の日も、毎日、クレパスを持って学校へ行った。

そして算数だろうが、理科だろうが、そんなことおかまいなしに机の上に置いた。

図工の時間になると俺は得意満面。

「徳永くん、金色貸して」

「ええけど、ちょっとだけな」と、友だちにクレパスを貸してあげた。

金色や銀色がうれしくて、かあちゃんの顔を描くときは、いっぱい使った。

そんな俺の絵を見た先生は、「おまえのかあちゃんは外国人か！」と笑ってた。

二十四色のクレパスを手に入れた俺だったけど、やっぱりかあちゃんの絵は、前衛的なピカソふうになってしまう。

どうやら、俺の画力は、クレパスとはあんまり関係なかったみたいやな（笑）。

人生初のスカウトで野球にはまる

俺の子どものころのスポーツといえば、野球と相撲が二大看板。サッカーやラグビーをしていた人もいたんやろけど、今みたいな人気もなかったし、何よりテレビ中継がなかった。

当時はテレビのない家も多かったから、繁華街に、街頭テレビが備え付けてあったもんや。

特に相撲と野球のときは、テレビの前に黒山の人だかりができてたなあ。

そんな環境やから、小学校高学年にもなると、男の子はほとんど野球をするようになる。

ばあちゃんの教えに従って、毎日走って体を鍛えていた俺は、すっかりスポーツ少年になっていた。

あれは小学四年生くらいのころかな。

「お前、足が速いから代走で入れ」

俺の足の速さは運動会でも証明済みだったせいか、五、六年生たちから野球に誘われた。

これが人生初のスカウト（笑）。

もちろん、大喜びで、二つ返事で参加した。野球道具なんて持ってないから、人のグローブを借りてね（笑）。

最初は代走だけやったけど、そのうちにセカンドを守らせてもらうようになり、最初の打順は九番。

野球は初めてやったから、最初はそんなにうまくなかったんやけど、そのうちレギュラーメンバーになった。

なぜかというと、子どもの野球って、みんな下手くそやから、しょっちゅうエラーするんよ（笑）。

一つのエラーで、シングルヒットが二塁打になることなんて当たり前。それが足の速い俺の場合、楽々と三塁打になる。エラーが重なったり、相手がまごついてたりすると、ポテンヒットでも、ランニングホームランや（笑）。

小学五年生になった年、俺は同級生たちと野球チームをつくった。

俺はバットもグローブも持っていなかったけど、全員が持っていなくても野球はできるもんよ。

そのころの男の子は、皆が野球ファンだったから、誰かしらが持っていた。

軟式やったし、ピッチャーやキャッチャー、ファースト以外は素手でも十分。試合をやるにしても、グローブは両チーム合わせて九つもあれば万々歳で、実際には、五つくらいあればなんとかなったもんや。

ベースは草（笑）。

そこらへんの草を引っこ抜いて、「これがベース」という感じでやっていた。当然、滑り込んだりしたらベースが動くんやけど、まあ、それはそれ（笑）。人が足らんときは、少人数でもできる三角ベースでやったり。子どもって柔軟やから、そんときの状況に合わせて、ルールも自在に変えて遊んでいたなあ。

そんなふうな、本格的でもなんでもない野球やったけど、これがね、もう、むちゃくちゃ楽しかった。

放課後も日曜日も、学校で授業を受けてない時間は、ほとんど野球をして過ごしていたよ。

毎日のように野球をやっていたら、実力もだんだんついてくる。六年生のチームと対戦して勝ったり、隣の小学校のチームと試合して好成績を収めたり。

俺たちは次第に、そこそこの強豪チームになっていた。

そのうちに、チーム内で「もっといろんな相手と試合をやろう」という意見が出始めた。

俺は交渉役を買って出た。

「俺にまかせとき！」

対戦チームを見つけるのは、そんなに難しいことではなかった。

広場や川で出会う、ほかの学校のだいたい同い年くらいの子に声をかけるだけ。

「野球やってる？」

「やってるよ」

「うちのチームと試合しよう！　来週の日曜日な」

これでＯＫ（笑）。

相手が野球をしてない場合は、

「お前の学校で野球やってるやつ、いる？」

「いるよ」

「その子に試合しようと言うといて！　俺、赤松小学校の徳永や」

てな感じで声をかけていると、どんどん対戦相手が広範囲になり、毎週のように対外試合をするようになっていった。

ある日のこと。

チームに池松くんという男の子が、仲間に入れてほしいとやってきた。

池松くんは、佐賀では有名な老舗（しにせ）のお菓子屋の長男だった。

「俺も野球やりたか」

「うん、いいよ！」

俺らのチームの参加条件は、特になし。入りたい子は、誰でも仲間に入れていた。

池松くんが初めて練習にやってきたとき、俺たちは度肝を抜かれた。

なんと、池松くんは、ピッカピカのバットとグローブを持ってきたのだ。

それだけではない。

「俺、キャッチャーがやりたい」と、真っさらのスポーツバッグから、ピカピカのキャッチャーミットとマスクまで取り出したのである。

さらに！

「これも、使って」と、ベースまで取り出した。

もう、チーム全員、大興奮。しかし、このあと、大きな問題が待っていたのである。

俺は初めて触るキャッチャーミットやベースに、心臓がドキドキした。

テレビでしか見たことのないベースは、想像以上に重くて、手にずっしり。

「こんな、ざらっとした感触なんやあ」

それはチームの仲間も同じやった。

みんな、キラキラした目でミットやベースを見てたよ。

長男の池松くんは、親御さんに、とてもかわいがられていた。

老舗のお菓子屋の跡取りが野球を始めるとあって、親御さんは大喜びで、あらゆる野球道具をそろえてあげたんやろね。

子ども同士の情報伝達はものすごく速い。

俺たちのチームがベースを持っているといううわさは、たちどころに広まった。

そしたら、試合を申し込んでくるチームが急速に増えた。みんな、ベースを踏んでみたかったんやろね（笑）。

ところが、である。

池松くんは、野球があまりうまくなかったんよ。きっと野球をやるのが、初めてやったんやろうなあ。

けど、池松くんを試合に出さなければ、かっこいい道具は使えない。

でも、出したら負ける。

ジレンマとはこのことやね。

キャッチャーというポジションは、試合の流れを左右する重要な守りの要。

そこが弱いと試合に勝つのは難しくなってくるのだ。

「次の試合、どうする？」

「池松くん出したら、負けるばってん」

「そんなら、ベースなしでやる？」

「それはあかん！　相手チームもベースを期待しているのに」

もちろん、池松くんはその後、練習して野球がうまくなったんやけど、そんな隠密会議を開くほど、当時の野球少年にとって、ベースの存在は大きかった。

俺は毎日、野球の練習をした。

チームの練習が終わった後も、一人でボールを壁に当てて、投球と守備の練習をしていた。

打撃練習は、素振りはもちろん、捨ててあったタイヤを拾ってきて、それを木にくくりつけ、インパクトの感じをつかむ練習なんかもしてたよ。

そして俺は、野球少年であると同時に野球ファンでもあった。

もちろん広島カープの大ファンや。

だけども、単にプロ野球が好き、カープが好きというだけではない、大きな理由があったんよ。

夏休みに広島のかあちゃんのところに帰ると必ず、俺を広島市民球場にプロ野球の試合を見に連れていってくれた。

生で見るプロ野球は、もう、それはそれはすごい迫力で、かっこよかった。

ボールを打ったときの音とか、打球の速さとか、テレビで見るのとは全然違う。

照明もきれいでね。すべてに圧倒されたよ。

「夏休みに、かあちゃんとプロ野球を見に行ったよ」

「本当か？」

「うそや！」

当時、野球観戦なんて、まだまだぜいたくなことで、実際に行ったことのない子がほとんどだった。

当然、貧乏な俺が連れていってもらえるわけがないと、みんなが疑った。

そんなときのために「○月○日　広島対巨人」と書かれた半券を用意していた。

「うわ、本当や！　いいなあ……」

みんなは恐れ入ったとばかりに、俺を羨望のまなざしで見つめる。

俺にとっては野球は、かあちゃんと会える大切なイベントであり、みんなからうらやましがられる、幸せの象徴やったんや。


佐賀にプロ野球がやってきた！


小学四年からは、朝から晩まで野球に明け暮れていた。

野球というスポーツは、交友関係が広がるんよ。

なんでかというたら、個人競技と違って、相手がおらんとできんから。

五年生でチームをつくってから、一気に友だちが増えた。

そんな野球少年たちのヒーローといえば、プロ野球選手や。

いつだったか、佐賀球場で広島カープと西鉄ライオンズのオープン戦が開催された。

俺は広島に帰ったときに、かあちゃんに連れられてプロ野球を観戦してたけど、当時の佐賀の人たちにとっては、めったとない機会やから、かなりの話題になったよ。

偶然にも、家の近所の古い旅館が、広島カープの選手の宿泊先になった。

もう、近所は大騒ぎ（笑）。

ひと目、野球選手を見ようという人たちで、旅館の周りは黒山の人だかりができた。俺も当然、その黒山の中の一人やった。

けれども、いつまでたっても選手は旅館から出てこない。

みんな、しびれを切らしたんやろね。とうとう、一人帰り、二人帰りとだんだん人が減っていった。

ついに辺りが真っ暗になって、俺一人がそこに残された。

俺は不安になったけど、プロ野球選手に会いたい！という気持ちと、彼らがかあちゃんのいる広島からやって来たということが、俺に何か特別な気持ちを起こさせたんやと思う。

俺は根拠もなく、「必ず選手は出てきてくれるはずや」と確信して、じっと待っていた。

五、六時間は待ったと思う。
空が明るい時分から待ってたから、きっとデーゲームやったんやろね。

とにかく、とっぷり日が暮れるまで、俺は一人で選手が出てくるのを待っていた。


そしたら奇跡が起こったんや！


今にして思うと、きっと選手たちは、試合が終わって、ひと風呂浴びて、晩ご飯を食べていたんだと思う。

ご飯も食べたし、夜の街にでも繰り出そうということになったんやろ。何人かの選手が、ぽつぽつと表に出てきた！

こんな近くでプロ野球選手を見るのは、生まれて初めての経験や。

俺は飛び上がりたいほどうれしかったけど、あまりのうれしさと驚きで、体が固まってしもた。

話しかけたいのに、そこに突っ立ったまま、選手たちが出かけていくのを見てた。

でも、これだけ待ったんや、このままではいかん！

俺は思い切って、一人の選手に駆け寄って声をかけた。

「あの……、ちょっとお伺いしたいことがあるんですけど」

「なに?」

「あの……、僕のかあちゃん、広島で働いているんです。徳永秀子っていうんですけど、会ったことありますか?」

そんなもん、なんぼ同じ広島というても、知ってるわけないよな(笑)。

今考えたら、笑ってしまうほどばかばかしい質問やけど、当時の俺にとって広島といえば、かあちゃんがすべて。

広島にいる人はみんな、かあちゃんとつながっているような気がしていたんや。

言ってしまってから、「うわあ、変なこと聞いてしもた。怒られたら、どうしよう……」。

でも、それはまったくの、杞憂だった。

広島カープの選手は、ばかにしたりせずに、にっこり笑って答えてくれた。

「うーん、会ったことないなあ。おかあちゃん広島にいるの? ボクはここで何をしてるの?」

「かあちゃん、仕事で忙しいから、僕はばあちゃんの家に預けられてるんです」

そう言いながら、サインをしてもらおうとしたんやけど、色紙もマジックも持ってない。

仕方ないので、くしゃくしゃのメンバー表とボールペンを差し出した。

「そうか……。ボク、ちょっと待ってて」

そう言うと、その選手は、もう一度旅館に入っていった。

しばらくすると、何かの包みと色紙を持って出てきたんや。

「これ、あげるわ。おかあちゃんに会ったら、よろしく言っとくな」

手渡されたんは、なんと、広島カープのロゴが入った色紙に書かれたサイン。

きっと球団公式のなんやろね。立派な色紙やった。

そして包みの中には、豆菓子が入っていた。

砂糖にくるまれた豆菓子を、一つつまんで口に放り込んだ。

香ばしくて甘くて、とてもおいしかった。

プロ野球選手が、かあちゃんと会うはずもないのに。

もし会ったとしても、わかるわけないよな。

でも、「よろしく言っとくな」と笑ってくれた。そのやさしさに目頭が熱くなった。

このときから、俺は大好きだった広島カープが、さらにさらに好きになったんや。

そのやさしい人は、古葉竹識選手だった。

後年、ある番組で、思い出のあの人に会いたい、というようなコーナーがあった。

スタッフから、「誰か会いたい人はいますか？」と聞かれたときに、俺は迷うことなく、広島カープの古葉竹識さんの名前をあげた。

古葉さんは、そのときのいきさつを覚えてなかったけど、話を聞いたらすごく喜んでくれて、俺ものすごくうれしかった。

「これ奥さんに」と、嫁さんにネックレスのプレゼントまで用意してくれた。

俺にじゃなくて、嫁さんに、というところが、やさしい心遣いやね。

ほんま感激したよ。

古葉さんのサインは、今でも宝物や。

この経験があったから、俺は時間がある限り頼まれればサインする。

プライベートのときにサインを頼まれると断る芸能人も多いけど、俺はできるだけするよ。

漫才コンビ、B&Bの全盛期は、移動のときなんか、そらもう大勢のファンに、もみくちゃにされたもんよ。

移動するバスの周りをぐるっと、ファンが囲んでいることもあった。

他の芸人は、ささっとバスに乗り込んで寝たりするんやけど、俺は、「おーい、もうバス出るぞー」と怒られながらも、最後の一人まで全員にサインをしたよ。

そら疲れているときなんかは、寝たいときもあったよ。

でも、くしゃくしゃのメンバー表を古葉さんに差し出した、あのときの俺の姿が、ふっと浮かんでくるんや。

勇気を出してもらったサインは、その後の俺の勇気となり、宝物になった。

サインというもんは、それだけの力を発揮することもある。だから、時間の許す限りサインをするんや。

本物の相撲を目の前で

俺はばあちゃんに「走れ！」と、勧められてから、一貫してスポーツ少年だった。

足は速いし、スポーツは何をやらせてもうまかったよ。

俺の通ってた赤松小学校には、珍しく土俵があった。

それも、ちゃんと土を盛ってつくった本格的な土俵。

体育の時間でも、相撲の授業があったし、休み時間なんかにもよく相撲をとってたんよ。

あのころの人気のスポーツといえば、野球と相撲やったから、子どもたちも、ごく当たり前に相撲を楽しんでいた。

俺は相撲も強かった。

技とか難しいことは知らんかったけど、見よう見まね。それでも、ほとんど負けたことはなかった。

だけど相撲大会では、いつも二位。

米屋の小林くんがいつも一位で、どうしても勝てんかったなあ。

米屋やし、きっと普段から米俵を担いで足腰を鍛えていたのかな。

俺も毎日、川から水を百杯以上もバケツでくんで運んでたから、普通の子どもよりは足腰が強かったんやろね。

相撲大会は学年ごとに、トーナメント方式で戦うんやけど、最後は必ず俺と小林くんやったから、そのうち俺と小林くんはシード力士になった。

小林くんはその後、佐賀大学の附属中学へ、俺は市立の城南中学校に進学。

城南中学にも土俵があって相撲が盛んやったけど、小林くんのいない中学時代の俺は負け知らず!

中学ではその後、相撲部屋に入門したやつもいたけど、そいつにも負けんかった。

相撲といえば、ちっちゃいころに生で本物の大相撲を見たことがあるよ。

それも偶然、しかも、ただ(笑)。

相撲は野球と違って、球場のような大きな施設がなくても、土俵をつくれるから、地方巡業でいろんな地域に遠征する。

佐賀にも、どこの部屋かまでは覚えてないけど、相撲の巡業は定期的に来ていた。

俺は小学二年か三年くらいかな、友だちと遊んでいたら、普段、そこにはない、きれいな幕が張ってある。

何やら人も大勢いて、にぎやかかや。

俺たちは、何気なく幕をくぐって中に入ってみて驚いた。

そこで、本物のプロの力士が相撲をとっていたんや。

ゴツッ！

立ち合いのスピードの速さ、そして体と体がぶつかる音の大きさに驚いた。

ゴツッ！ なんて大きな音、人と人がぶつかって出てくる音ちゃうやん。

それだけ筋肉の塊なんやろね。

テレビで見るのと、力士の迫力が全然違うんや。

ゴツッ！ バシッ！ ドスン！

初めての相撲に、俺は大興奮！

相撲が終わって、興奮冷めやらぬままに外に出てみたら、大きなトラックが停まっていた。

そこに荷物を載せて、次の場所に移動するんやろね。

力士たちが、荷物を軽々とトラックに積んでいた。

そこで見たのが、のちに東の大関にまで上り詰めた大内山。

「戦後の三巨人力士」とも呼ばれた二メートル以上あるその体は、小さな俺からしたら、ちょっとした山のように見えた。

もう、うれしくてね。

「相撲見たぞー！」と自慢したかったけど、なんせ、金も払わんと、こっそり忍びこんだだけに、人に言えんのがもどかしかったなあ（笑）。

国語はさっぱりやったけど、数の計算は速かった

毎日のランニングとバケツの水くみのおかげで、自然と体が鍛えられていた俺は、スポーツは大の得意やったが、苦手やったんが勉強（笑）。

それも極端で、国語とか文系の科目はさっぱりあかんかったけど、算数とか理科は得意。計算の速さには自信があった。

当時、毎月決まった日に、銀行の人が学校にやってきて、子どもたちがお金を預けたり引き出しができる、「子ども銀行」というのがあったんよ。

通帳はもちろん本物で、実際の金融機関でも使えるもの。

預けるお金は十円とか二十円の小銭なんやけど、おそらく、子どものうちから預金の習慣を身につけるのが目的のシステムやったんやろね。

俺は計算が得意やったから、クラスの銀行係を先生から命じられた。

実際の金融機関の窓口と同じように、お金の出し入れを預かる、責任のある仕事やったんよ。

あのころは、銀行係やったから、俺もちゃんと貯金してたけど、そもそも俺には貯金という概念が頭にないんや。

芸人になっても、もうけた金はパーッと使ってしまう。

金に執着がないんやろね。

ばくちもせんし、飲んだり食うたりで金使ういうても、胃袋にも限界がある。

家を建てて車を買うたら、あとは金なんて、そんなにいらんと思ってる。

ばあちゃんが言うてた。

金、金と、

言うんじゃなか。

一億円あったって、

金魚一匹、

つくれんばい。

そう、世の中、金でできることは、たかが知れているんよ。

一億円なんて、計算せんでええ

小学校時代の思い出の一つに、習い事がある。

三年のころは、赤胴鈴之助に憧れて剣道を習いたかったけど、防具に金がかかるから習わせてもらえんかった。

でも、四年生になると、友だちの親がそろばん塾をやっていたので、同級生の間で、そろばんを習うのがはやりだしたんよ。

家から近いし、ちょうど家にもそろばんがあったから、俺も友だちと一緒にそろばん塾に週二回、通うようになった。

そろばんも楽しかったけど、何より、学校が終わってから、友だちと一緒にわいわい通うのが楽しかったなあ。

塾では定期的にテストもあったから、そろばんの練習は、一生懸命にやってたよ。

テストは先生が、「願いましては～」と、読み上げた数字を足していく読み上げ算。

それで練習のために、ばあちゃんに、読み上げを頼んだことがあった。

「願いましては～、一億四千五百……」

ん？　ばあちゃん、途中で読み上げをやめてしまった。そして、

「おまえは、ばかか」

「え？」

「一生のうちに、一億円なんかの計算することなんかなかばい。そんな練習はせんでええ」

「いや、これはテストやから」

「買い物に行っても使う金は、七十円とか百円やろ？　一億なんて使わん」

たしかに当時の一億円といえば、天文学的な数字。

そらそうやけど、これはテストやからと再度頼んだら、座り直して読み上げ始めたばあちゃん。

「願いましては〜、百円では！」

「そら百円やろ（笑）」

かあちゃんと踊ったソーラン節

かあちゃんは広島の居酒屋で働いていたが、俺が小学三年になるころには、広

島でも屈指の中華料理店「蘇州飯店」に勤めるようになった。

ばあちゃんに似て、働き者のかあちゃんは、どんどん頭角を現し、仲居頭まで出世した。

夏休みに広島に帰ると、かあちゃんが店に出ているときは、俺もよく蘇州飯店についていってたもんや。

店の従業員さんたちには、ほんまによう、かわいがってもらったよ。

仲居さんたちの休憩部屋で遊んだり、厨房（ちゅうぼう）で料理長から料理を教えてもらったのも、いい思い出。

このとき初めて、本格的な中華料理を食べて、そのおいしさに驚いた。

俺は家でもよく料理をつくるんやけど、一番の得意は中華料理。

一流の料理長直伝の味やから、ほんまにうまいよ！

蘇州飯店は大きな料理店で、ちょっとした舞台もあった。

かあちゃんは、歌もうまくて芸達者やったから、舞台で踊りを踊ったり、歌を歌うことも多かったんよ。

かあちゃんの舞台はお客さんからも人気で、いつも大盛況やった。

あるとき、「昭広も一緒に踊ろう」ということになり、いきなり舞台に上げられた。たしかソーラン節やったと思うけど、タオルを持って、かあちゃんの横で見よう見まねで踊ったら、これが大ウケ。

「あれ息子さん？ かわいいねー」

やっぱり、ウケるって、うれしいよ。

それで、「かあちゃん、教えてー！」と言うて、ちゃんと練習して、かあちゃんと一緒に舞台に立つことが増えていった。

親子のソーラン節は蘇州飯店の名物になったんや。


かあちゃんが佐賀に来た！


かあちゃんに会えるのは、夏休みに俺が広島に帰るときだけだった。

だけど、一度だけ、かあちゃんが佐賀に泊まりに来てくれたことがあった。

そう、あれはたしか、小学五年生か六年生くらいの春だった。

広島では、かあちゃんも仕事があるから、四六時中一緒にはおれんかったけど、このときは、わざわざ仕事を休んで来てくれたから、学校に行く以外は、ずっとかあちゃんと一緒にいられた。うれしくて、うれしくて、たまらんかった。もうね、寝るのももったいないくらいやったなあ。ずっとかあちゃんといたいから、学校を休みたかったけど、さすがにそういうわけにもいかん（笑）。

遅刻ギリギリまで家にいて、授業が終わったら全速力で家に帰ったもんや。それも、必ず友だちを連れて帰った。

「うちには、かあちゃんがおるぞ！　すごいやろう？」と、学校で自慢した。みんなにとっては、かあちゃんが家にいるのは当たり前やろけど、俺にはもう、自慢したくて自慢したくてたまらんかったんよ。

友だちは、俺のかあちゃんが広島で働いているのを知っているから、ひと目見ようとみんなやってきた。

かあちゃんは広島の大きな中華料理店で仲居頭をしてたから、いつも着物を粋に着こなして、はっと目をひくような華やかさがあった。

だから、かあちゃんに会った友だちが、「お前のかあちゃん、きれいなあ」と褒めてくれるのもうれしくて、得意で得意で仕方なかったよ。

さらにかあちゃんの美しさに加え、友だちの目を白黒させたものがある。

それは「もみじまんじゅう」(笑)。

「かあちゃん、ただいま!」

「おかえり」

普通は当たり前のやり取りやけど、当時の俺にとっては、どれだけうれしかったかわからんよ。

「友だち連れてきたよ!」

「まあ、いらっしゃい」

「こんにちは~」

「広島のおまんじゅうだけど、よかったら食べてちょうだい」

かあちゃんがにっこり笑って、俺に渡してくれる「もみじまんじゅう」を、得意満面でみんなに配った。

広島の都会からやってきた、あか抜けしたかあちゃん。

当時はまだそんなに有名ではなかった、もみじをかたどったカステラ生地で、こしあんを包んだ「もみじまんじゅう」。

みんなは、初めて見るお菓子に目を白黒。

かあちゃんと「もみじまんじゅう」の間を、みんなの視線が行ったり来たりするのが面白かったよ。

「もみじまんじゅう」は、当時としてはハイカラなお菓子やったから、友だちも「うまい、うまい」と喜んで食べた。

このとき、俺を幸せな気持ちにしてくれた「もみじまんじゅう」が、のちに漫才師の俺にとっての代表的なギャグになったことは、なんか因縁めいたものを感じるね。

「もみじまんじゅう」のギャグは、狙ったもんやなくて、とっさのアドリブよ。

あのブームで、「もみじまんじゅう」の売り上げも十倍以上になったらしい。

当時、「もみじまんじゅう」の会社が、売り上げが伸びたからいうて、けっこうな金額のお礼をしたいと言うてきたけど断った。

だって、俺らが売れたのも、「もみじまんじゅう」のおかげやもんね。

「もみじまんじゅう」、万歳！

かあちゃんは、歌も踊りも名人級

佐賀にいてくれたかあちゃんが、いよいよ広島に帰ってしまうという前の日だった。

せっかくやから、親戚一同が集まって、花見をしようということになった。

親戚が、その親戚を連れてきたり、近所の人もやってきたりで、総勢四十人近い大所帯の大花見になったんよ。

満開の桜の下。

みんなが持ち寄った料理もおいしくて、親戚のおばちゃんやいとこたちも勢ぞろい。

何より、大好きなかあちゃんと一緒や。俺は楽しくてしかたなかった。

あちこちで笑い声が上がる、楽しい宴会も中盤になってきたころ、「秀子！歌え！」と、親戚のおじさんからかあちゃんに声がかかった。

カラオケなんかないから、かあちゃんがアカペラで歌うことになったんよ。

かあちゃんの歌のうまさは、親戚中の皆が知っていたからね。

お呼びがかかって歌うかあちゃん。

それがもう、すごくうまくて、満場の拍手喝采。

あまりに盛り上がったもんやから、かあちゃんの妹の喜佐子おばちゃんが、家に三味線を取りに戻ったくらい。

そして、おばちゃんの三味線に合わせてかあちゃんが歌いだしたら、もう大騒ぎ。

周囲の花見客まで、どよどよと俺たちのグループに近づいてきた。

そしたら、一人のおじさんが俺に話しかけてきた。

「あの人、あんたのかあちゃん？」

「はい」

「そうか！　歌、うまかねえ。はいこれ」

おじさんは、俺に何かを手渡した。

なんやろと思って、手を広げてみた俺。

「うわあ、何これ！」

おじさんが俺に手渡してくれたのは、五十円玉だった。

いわゆる〝おひねり〟やね。

俺がかあちゃんの子どもだとわかると、いろんな人が俺に五十円、百円とおひねりを握らせてくれた。
　たちまち、俺は金持ちや（笑）。
「もう一曲、お願いします」と、酒やビールを差し入れてくれる人も現れた。
かあちゃんの歌と、喜佐子おばちゃんの三味線。
これがむちゃくちゃ、ええコンビ。
やっぱり姉妹やから、あうんの呼吸みたいなのがあるんやろね。
練習もしてないのに、アドリブまで、息がぴったりやねん。
漫才コンビのB&Bより、息合ってたんちゃうか（笑）。
二人とも、すっかり興に乗って、終わらないアンコールに応えて、次々に歌を
披露していった。
「あんたのかあちゃんは、本当に歌がうまかねえ」と目を細めるばあちゃん。
ばあちゃんは、酒が一滴も飲めないのやけど、歌うかあちゃんの姿をうれしそ
うに見つめて、頬を紅潮させていた。
　よっぽど、うれしかったんやろなあ。
だって、俺のかあちゃんやけど、ばあちゃんの娘でもあるわけや。

自分の娘がたくさんの人から拍手喝采されたら、それはそれはうれしいやろ。そんなばあちゃんを見ている俺も、むちゃくちゃうれしかった。きれいで、歌のうまいかあちゃんの息子だということで、俺は鼻高々。ごちそうをたらふく食べて、おまけにお金までもらえた。

忘れられない、最高の一日やった。

その夜のことや。かあちゃんの、驚きの過去を知ったのだ。

歩いている人の足も止めるほど、歌のうまいかあちゃん。

俺もかあちゃんの鼻歌くらいは聴いたことがあったけど、ちゃんと三味線の伴奏付きで聴いたかあちゃんの歌のうまさには、ほんまに驚いた。

花見の日の夜。

興奮冷めやらぬままに布団に入った俺は、隣で寝ているかあちゃんに言った。

「かあちゃんは、本当に歌がうまいなあ」

「ありがとう。小学生のころ、喜佐子おばちゃんたちと一緒に満州に慰問で歌を歌いに行ったこともあるのよ」

「満州って、今の中国？」

「うん、そうよ」

「慰問って何すんの?」

「満州で頑張っている兵隊さんに、民謡を聴いてもらうの」

「ええ! すごいなあ。かあちゃんは子どものころから歌がうまかったんやね」

「おとうちゃんと結婚してなかったら、歌手になりたかったくらい」

と、朗らかに笑っていたけど、たぶんあれは半分くらいは本気やったと思う。

漫才師になってから、テレビの『オールスター家族対抗歌合戦』に、かあちゃんと一緒に出演したことがある。

かあちゃんの歌には、審査員の先生方も目を丸くしてたな。

三回出場して、三回とも歌唱賞をいただいたくらいの実力よ。

かあちゃんは、もちろん大喜び。

何よりテレビで歌を披露できたことがうれしかったみたいやね。

俺は審査員の先生から、歌を褒められているかあちゃんの横で、子どものころの花見を思い出していた。

「あんたのかあちゃん、歌がうまかね」

かあちゃんが褒められるのは、自分が褒められるよりうれしいもんやね。

かあちゃんは歌もうまかったけど、踊りも歌に負けんくらいうまかった。

一つ芸を
身につけておけば、
何があっても
身を助けるばい。

というばあちゃんの言葉に従って、三歳のときから三味線と踊りを始めただけに、踊りは本格的。

女学生のときにじいちゃんを亡くし、生活が苦しくなってからは学校をやめて働き出して、芸事もやめてしもたけど、筋がよかったんやろね。

大人になってからも毎年、広島公会堂で踊りの会を催すほどやった。

かあちゃんの得意な花柳流の男踊りは、名取級、名人級でも難しいものらしく、それができるかあちゃんは、広島の舞踊好きには知られた存在やったんよ。

もし、やめんとそのまま踊りを続けていたら、踊りのお師匠さんになってたかもしれんね。

蘇州飯店料理長の王さんから直伝された料理

まあ、そんな芸達者なかあちゃんやから、広島でも一番の中華料理店蘇州飯店からスカウトされたんや。

かあちゃんは会計や帳簿もできたから、店からも重宝された。

「芸は身を助く」

ばあちゃんの言う通りやね。

かあちゃんと一緒にいると、「やっぱりばあちゃんの娘やなあ」と思うことがものすごく多いよ。

夏休みはいつも広島に帰っていた俺やけど、かあちゃんは、ずっと店にいるから、俺の夏休みの思い出は、ほとんど蘇州飯店に詰まっているといってもいい。

俺の広島の第二の実家や。

店のみんなにかわいがってもろたけど、なかでも忘れられんのが、料理長の王さん。

王さんは火の魔法使いだった。

蘇州飯店は当時、広島で一番の繁盛店。

エレベーターのある五階建てのビルで、一階は五十人ほどのテーブル席と厨房があった。

二階は二十人が座れるテーブル席とお座敷が四室。

三階と四階は十五畳の大広間が、それぞれ四室。五階には事務所と六畳のかあちゃんの控室があった。

かあちゃんは、そこで着替えたり休憩したりして、遅くなるときは、その部屋に泊まることもあった。

そんなときは、俺もかあちゃんと一緒に泊まったもんや。

昼間や泊まるときは、厨房の誰かがチャーハンやラーメンをつくってくれたりして、店のみんなと一緒に食べることもあった。

料理長の王さんは、台湾人。

東京の有名な中華料理店「東天」で修業した人で、料理の腕は天下一品。

たくさんいたコックさんの中で王さんは、一番えらい人やったけど、やさしくて気のいい人やった。

「王さん、おなかすいた」と言うと、「はいな」と答えて、あっという間に料理をつくってくれた。

目にもとまらぬ速さで野菜を切り、肉を炒める。

中華料理は火の料理とよく言われるけど、王さんが炒めると、パアッと大きな火柱が上がり、迫力満点。

初めて見たときは、火の魔法にしか見えなかったよ。

そして食べて、さらにびっくり。

むちゃくちゃおいしい。

見慣れた素材が、見たこともない料理に早変わり。

これは魔法に違いないと確信した（笑）。

蘇州飯店の人気のメニューは、今でも覚えてる。

蒸し鶏、豆腐にピータンを合わせた松花豆腐、棒々鶏（バンバンジー）、干し貝柱とハクサイの煮込んだ干貝白菜、青椒肉絲（チンジャオロース）、小籠包（ショウロンポウ）、そして鯉（こい）のあんかけや北京ダック……。

貧乏暮らしの俺は、もちろん食べたことのないものばかり。

いや、貧乏やなくても当時としては、かなり珍しい料理ばかりやったと思う。

だって、そのころの街の中華料理店といえば、ラーメンにギョーザ、チャーハンが中心で、八宝菜や酢豚がごちそうやった時代だ。

俺が食べるのは賄いだから、メニューそのままではないけれど、王さんがその場でアレンジしてつくってくれる料理は、どれもこれも最高にうまかった。

王さんは、つくってくれるだけやなくて、俺に料理も教えてくれた。

材料を切るところから、調味料を入れるタイミングや盛り付けのこつなんかも、丁寧に教えてくれたもんよ。

「昭広、チャーハンうまいね」と王さん。

俺は、チャーハンを炒める手際がとてもいいと褒めてもらった。

チャーハンに始まり、酢豚、青椒肉絲と、だんだん難しいものにもチャレンジ。

中学生になるころには、かなり本格的な料理もマスターした。

今でも三十種類以上は、レシピを見ないでもつくれるよ。

チャーハンを完璧（かんぺき）につくれるようになったのは、小学五年生くらいかな。

佐賀に帰ってつくったら、ばあちゃんにびっくりされた。

そして「うまか〜！」を連発して、うれしそうに食べてくれた。

誰かに喜んでもらうのってうれしい。

それが大好きな人なら、なおさらや。

中華料理の極意はいくつかあるけれど、スピードもその一つ。

火を入れるタイミングに過不足があると、仕上がりが悪くなるんよ。

俺は今でも三品を同時につくり、三十分で九品をつくる自信がある。

これも王さんの教えのたまものや。

休憩時間はのんびりと、俺に料理を教えたり、世間話に花を咲かせる余裕もあるけど、お昼時や夕方はまさに戦場。

大きなずんどう鍋にスープやお湯が沸々と煮えたぎり、中華鍋の油の中で肉や魚や野菜が泳ぐ。

トントンと包丁で刻む音、ジャッジャと炒める音でにぎやかな厨房に、注文を通す声と応える声が響き渡る。

大きな炎が上がるさまを初めて見たときは、火事や！と慌てたよ（笑）。
七、八人のコックさんが、次々と入ってくる注文に汗びっしょりで応えて格闘する姿は、ほんまにかっこよかった。
また、つくると同時に食べ終わった食器も山のように戻ってくる。

忙しいときは、俺も厨房に入って鍋や食器を洗ったり、忙しくないときもビールの箱を運んだり、デッキブラシで床を磨いた。知らん人は、そんな俺のことを店の息子やと思っていたらしい（笑）。

店のスタッフのみんなにかわいがってもろたんは、俺がこうして店の手伝いを進んでしていたこともあると思う。

そらそうや。

何も手伝いもせん子どもが「おなかすいた」言うてきても、うまいもんつくったろか、という気持ちにはならんわなあ。

佐賀では、毎日バケツで水くんだり掃除をしてたからお手のもんよ。

でも、俺にしたら手伝いという意識はなくて、かあちゃんや皆と働くことが、うれしくて、楽しかったんや。

巨漢怪力プロレスラーの胃袋って

芸能人やプロ野球選手が来ることも珍しいことではなかった。

あれは、小学六年生の夏休み。

プロレスラーのグレート・アントニオが来たときは、さすがに店は騒然となった。

アントニオは、怪力自慢のストロングマン。四百三十三トンの列車を十九・八メートル引っ張ったとして、ギネス世界記録になったくらいの怪力の持ち主や。

佐賀のばあちゃんちにはテレビがなかったから、当時有名だった〝鉄人〟ルー・テーズも、〝銀髪の殺人鬼〟フレッド・ブラッシーも、当然、アントニオのことも俺は知らんかった。

でも、身長が二メートル近くて、体重が二百キロ以上もある大男。バスを三台も引っ張る力持ちで、首にかけた鎖を振り回して大暴れするプロレスラーだと聞いて、ひと目見たいと、大勢の野次馬に混じって店の入り口で待っていた。

俺の胸はドキドキと高鳴った。

しばらくすると、遠くから二トントラックがやってきた。

ゆっくり走るトラックの周囲には、ぞろぞろと野次馬もいっぱいついてきた。

アントニオは、なぜか荷台に乗っていた。

うわさ通り、首には鎖を巻いていた。ひげ面で髪の毛も伸び放題。〝密林男〟と呼ばれているのも納得の、迫力のある姿に驚いた。

みんなが近づこうとした瞬間！

「ガオーッ！」

と雄たけびを上げたグレート・アントニオに、野次馬たちは、驚いて後ずさりした。

ところが、アントニオは店に入ると、急に愛想よくなったんや。

首の鎖も外して、笑顔を見せた。

リングを下りても、ファンがいる前ではイメージ通りの悪役を演じるプロフェッショナルなんやな、と今では感心するけど、当時の俺は、その豹変(ひょうへん)ぶりに戸惑った。

店に入った大男は、二階の座敷に行こうとエレベーターに乗ろうとしたけど、体がエレベーターに入り切らんかったんよ。

どうしようかと、かあちゃんたちは不安げに顔を見合わせたけど、アントニオはニコニコと笑って、階段で二階のお座敷に上がっていくからびっくり。

「ふ、ふ、普通の人や」

最初はこわごわ見ていたけど、アントニオが怪物でも怖い人でもないことがわかって、俺もそのあとを追った。

注文は、まずは鶏の唐揚げを五十個。

それが届く前に卵三十個を、そのまんまで欲しいという。

口を上に開けて、右手で卵をぐしゃっと割って、あっという間に全部飲み干した。

それから、唐揚げをまるでスナック菓子のように、ポイポイと口に放り込む。

あまりの速さに驚いていると、今度はキャベツを丸ごと三個欲しいという。

周りの人たちの話によると、アントニオは食事に気遣う人で、巡業中は野菜不足になるので、野菜を欠かさないらしい。

でも、丸ごとのキャベツをいったいどうするんやろ?

すると、キャベツをそのまま丸かじり。

バリバリと音をさせて、またたくまに食べ尽くした。

やっぱり普通やなかった（笑）。

広島の街とお好み焼き

夏休みを過ごした広島のことは、今でもはっきりと覚えている。

小さいころは、家と蘇州飯店の往復やったけど、小学五年生くらいになると、あちこち足を伸ばして探検に出かけた。

広い電車通りの福屋百貨店の角を南に曲がったら、商店街のえびす通り。

その通りにあったパチンコ屋「えびすホール」を左に曲がると、何ともいえないおいしそうな匂いが漂ってくるんや。

その匂いのもとは蘇州飯店と、一軒おいて隣の洋食レストラン「ＦＵＪＩ」。

もうね、おなかがすいているときには、残酷なくらい、ええ匂いがしてたよ。

蘇州飯店の隣は、高級な刺繡（ししゅう）のハンカチがいっぱい並んだハンカチ屋さん。

並びには、舶来ウイスキーの「ホワイトホース」が店名の由来の、洋酒喫茶「白馬」もあったなあ。

この辺りをうろうろしているだけでも、目に入るものが新鮮で、毎日楽しかった。

もう少し遠征することもあった。

えびす通りをそのまま歩くと、広島で一番大きな商店街の広島本通りや。

おしゃれな店がずらっと並んで、広島工場で製造されたばっかりの生ビールが飲める、キリンのビアホールもあった。

その裏手はちょっと怖い場所。

ビアホール裏の公園は、夜になるとたくさんの屋台が出て、こわもての人やヤンキーたちがたむろしていた。

普段過ごしている、自然だらけの佐賀の田舎とは対照的な、華やかでちょっとスリリングな環境にドキドキした。

街の明と暗。人生も同じじゃね。

今は、どこの街も似たようなきれいな店ばかりになってるけど、街も人も清濁併せのんでいるからこそ、魅力があって面白いと思うよ。

かあちゃんの家は広島市中区白島九軒町というところにあった。

向かいは「かぶと商店」というお菓子屋さんで、ここに俺と年の近い兄弟がいて、よく遊んだなあ。

佐賀と違って田んぼなんかないから、街が遊び場。

それに、佐賀よりテレビの普及も早かったから、よくテレビを見せてもろてた。

当時よく見てたんが「月光仮面」、野球の中継も大好きやった。けど、いっつも巨人戦やねん。

広島の試合が見れるのは、巨人対広島のときだけ。

今は地上波でも広島の試合はもちろんのこと、パ・リーグの試合も当たり前に放送されているけど、当時はプロ球団は巨人しかないんちゃうかと言いたいくらい、巨人一色やったなあ。

「ここ広島やのに、なんで巨人しか映らへんねん！」と思ってたよ。

かぶと商店のおばあさんにも、ようかわいがってもろた。

今みたいに梱包（こんぽう）とかが頑丈やなかったんやろね。

遊びに行くと、箱がつぶれたキャラメルとか、割れたせんべいとかをいっぱいくれるんよ。

そして必ず「お風呂入っていき」と風呂に入れてくれた。

これはかぶと商店さんだけじゃなくて、近所の人たちが俺の顔を見ると、

「今日は、かあちゃんの店行くんか？　行かへんのやったらうちで風呂入り」

と声をかけてくれた。

あのころの広島は、焼け跡からの復興の真っ最中。

困っている人がいたら手を差し伸べる。

街全体に、皆で助け合おうという気運が満ちた素敵な時代やった。

全国的にも地味な県といわれる佐賀。

たしかに、同じ九州の福岡や長崎、鹿児島に比べたら、知名度は低いかもしれん。

俺の「がばいばあちゃん」で少しは、知名度アップに貢献できたかなと思ってるんやけど、昔は広島で「佐賀から来ました」と言うても、「それどこ?」みたいな顔されたもんや。

しゃあないから、日本地図出して、「ここです!」と指差しても、「ふーん」という頼りない返事(笑)。

なんか、ものすごく遠いところから来ているというイメージだけで、佐賀というところがピンと来んかったみたいやね。

広島といえばお好み焼き。

戦後、広島市中心部の新天地広場には、五十軒以上のお好み焼きの屋台があった。

今のアリスガーデンと呼ばれている辺りかな。かあちゃんの店からも近かった。

ここは「お好み村」と呼ばれ、仕事帰りにお好み焼きを肴に、軽く一杯飲む人でいつも大にぎわい。

かあちゃんが忙しいときは小遣いもろて、一人でも食べにいった。

お好み焼き屋というても、駄菓子屋とか貸本屋と併設された小さな店で、二十円、三十円で食べられるんよ。

お好み焼きの基本は肉玉。

大阪のお好み焼きは生地に具を混ぜて焼くけど、広島のお好み焼きは、クレープみたいに薄く焼いた生地に、キャベツやらもやしと肉と卵を乗せて焼くんや。

卵は客が持参するシステム。

広島風お好み焼きは、そばが入っているのが基本みたいに思われているけど、そばは、オプションの追加アイテムなんよ。

俺はいつも卵を持っていって、肉玉を食べてた。

だけど、小遣いが乏しいときは野菜焼きに卵。

あるとき、俺はひらめいた！

「キャベツともやしも持って行けば、もっと安くなるかも」と。

そこで店のおばちゃんに聞いてみた。

「キャベツともやしも持ってきていい？」

「うちはメリケン粉屋か（笑）」

露店の店番して現物支給

お好み村は、お好み焼き屋台のほかに、甘栗とかの露店やら金魚すくい、ウナギ釣りの露店まであって、ちょっとしたお祭りみたいなにぎやかさがあった。

俺はウナギ釣りが得意で、一度に三匹も釣り上げたこともある。

あれにはこつがあって、餌（えさ）にウナギが食いついた途端に引き上げたら糸が切れる。まずは、ウナギを泳がして、手もウナギの動きと同期させながら動かすんよ。

そのうちだんだんウナギも疲れてくる。

ウナギの動きが鈍くなったところで、さっと引き上げるのが俺流（笑）。

しょっちゅう、ウナギを釣って持って帰るから、露店の兄ちゃんも困ったんやろな。

「ボク、もうやめといて」とお願いされたよ。

かあちゃんが働いている時間は、俺も暇やからよくお好み村で遊んだ。甘栗屋の兄ちゃんの「いらっしゃい！　いらっしゃい！」の声に合わせて俺も「いらっしゃい！」（笑）。

そんなことをしているうちに、露店の兄ちゃんたちとも顔見知りになり、いろんな露店で店番を頼まれるようになった。

「ボク、二時間くらいええか？」と。

パチンコでも行ってたんやろなあ。

俺も楽しいし。ウィンウィンの関係とはこのことやね（笑）。

露店の店番は楽しかった。

「いらっしゃい！　いらっしゃい！」

と大きな声で呼び込んで、甘栗を売ったり、ウナギ釣りの屋台では、お客さんにさおを渡して見てるだけじゃつまらんから、「頑張れ！」と応援したりね。

手伝いの報酬は現物支給（笑）。

甘栗やウナギをもらうんやけど、ウナギは蘇州飯店の厨房に持っていって、料理長の王さんに調理してもらうんや。

台湾でもウナギを使う料理はあるらしいけど、俺はかば焼きが好きやと言うたら、しょうゆと砂糖と酒を使って、ちゃちゃっとかば焼き風に仕上げてくれた。

かあちゃんが残業で遅くなるときは俺も一緒に店に泊まることがあったんやけど、王さんの部屋でもよく寝たなあ。

王さんは故郷の台湾や中国のいろんな話をしてくれた。

その中でも、今でも覚えているんが料理の話や。

中国では刺し身を食べない。なんでかいうたら、広い中国は海から遠いところも多いから、運んでいるうちに魚がすぐに傷んでしまうんや。

だから、まず油で揚げる。

「温めたらおなかこわさんのよ」

といつも言うてた。

魚だけやなくて、肉や野菜も素材は全部揚げる。揚げるというても、低温の油にさっとくぐらせる、いわゆる油通しやね。

こうすると素材の水分がええ具合に抜けて、炒めてもべちゃっとなったりせんと、素材の甘みとうまみも凝縮される。

強火で炒めたチャーハンは最高にうまかった。

ほんまにかわいがってもろた王さん。

やっぱり〝仲居頭の息子〟と思われてたから、忖度（そんたく）があったんかもしれんね（笑）。

夜行列車の食堂車

広島の夏休みは、ほんまに楽しかった。

そやけど、夏が終わると佐賀に帰らんとあかん。

八月の二十八日くらいから、だんだん気が重たーくなってくるんよ。「帰りたくない。もっとかあちゃんといたい」という気持ちが大きくなって、体調も崩すくらいやった俺。

「かあちゃん、おなか痛い」と言うと、「痛くないっ！」と一喝されたなあ。

あれはつらかったなあ。

ぎりぎりまでかあちゃんといたかったから、帰りはいつも夜行の寝台特急。たしか「さくら」という名前で、さくらの絵のテールマークが付いてたんを覚えている。

広島最後の日は、夜の九時か十時くらいに広島駅までかあちゃんが見送ってくれて、駅員さんに、

「この子、佐賀で下ろしてやってください」

と頼んでくれた。

子どもが一人で夜行列車に乗るのなんて珍しかったんやろね。

車掌さんにも、ようかわいがってもろたよ。

「今日はすいているし、こっちおいで」

と、一等席に案内してくれることも何度かあった。

一等席は、びっくりするほど豪華！

飛行機のファーストクラスみたいな感じで、背もたれが一八〇度近く倒れて、背中も足も伸ばしてあおむけで眠れるんや。

「うわー！　散髪屋さんみたいや」

と、最初は興奮してなかなか寝られんかったよ（笑）。

一人で夜行列車に乗っていると、いろんな大人が声かけてきた。

「ボク、一人なん？　どこ行くの？」

広島でかあちゃんが働いていて、佐賀に預けられていることを説明すると、みんなお菓子をくれたりやさしくしてくれた。

近所の人たちもそう。あの時代は、人と人の間に情があったね。

かあちゃんにもらった小遣いで、食堂車で晩ご飯を食べるのが、かあちゃんと別れる寂しさを少しだけ癒やしてくれた。

食堂車のメニューは、チキンのソテーとか白身魚のフライとか、ハイカラなもんばかりやった。

白い布製のクロスがかかったテーブル上にはフォーク、ナイフ、スプーンが並べられ、ゴージャスなムード。

どうやって食べたらええか戸惑っていたら、ウエートレスのおねえさんが親切に教えてくれたよ。

俺は「さくら号」の食堂車でテーブルマナーを覚えたんや（笑）。

しかし、あのころの大人たちは、みんな、フォークの背に一生懸命ご飯をのせて食べてたなあ。

なんであんな食べにくいことするんやろと不思議に思って、俺は普通にすくって食べてたけど、大人になって海外に行ったら、誰もフォークの背にご飯なんかのせて食べてない！

俺は正しかったんや（笑）。

食堂車でもいろんな人にやさしくしてもろたよ。

「ボク、一人なん？」

「はい」

俺が一人で夜行列車に乗っているいきさつを聞いた大人たちは、

「そうか……、ボク、これも食べるか？」

と、いろんなもんをごちそうしてくれた。

そらそうやわな。俺も子どもが一人でグリーン車に乗ってたら、声かけるもん。

「ボク、一人か？　どないしたんや？　なんかこうたろか？（笑）」

そら、ほっとけんわな。

楽しいことも寂しいこともあったけど、いろんな人の心の温かさにふれた夏休みやった。

　でも、この食堂車の話を佐賀の友だちにしても、誰も信じてくれん。

「汽車に食堂？　そんなん、うそや」

「いや、本当やもん」

「食堂が走るんか？」

「違う、汽車に食堂がついているんや」

「走りながら食うんか？」

と、全然話が通じんのよ。

　広島で見聞きしたいろんな話も、

「そんなことあるわけないばい」

となかなか信じてもらえへん。

　ほんまのことしか言うてへんのに、子どものころからうそつき呼ばわりや（笑）。

　当時の広島は戦後の復興で、あちこちで工事が行われて、新しい建物がどんどん建っていた活気ある時代。

一面の焼け野原になったときは、「七十五年間は草木も生えない」とかいわれたりもしたらしいけど、なんのなんの。

そこは広島パワーや。

あのころは福岡よりも発達してたんと違うかな。

今も昔も、あちこち東奔西走の俺。

子どものころの一人旅は、地域によって経済格差みたいなもんがあるんやなあと、肌で学べるいい経験やった。

さて、食堂でおなかいっぱいになって、寝台車でぐっすり眠ったらもうすぐ佐賀。

暦も九月に変わっている。

だいたい朝の六時くらいに佐賀に着くから、ちょっと前になると、車掌さんが起こしてくれる。

佐賀駅には、いつもばあちゃんが迎えにきてくれている。

久々にばあちゃんに会える。

でも、ここで俺はかあちゃんとの大切な約束を果たさなければならんかった。

それは、ちょっと切ない約束だった。

「ばあちゃんに抱きつけ！」

　かあちゃんは、佐賀に帰る前に言った。

「佐賀に帰ったら、笑顔いっぱいでばあちゃんに抱きつけ」と。

　そして、「『ばあちゃん！　会いたかった！』と言いなさい。広島に戻りたいとか、かあちゃんに会いたいということは、一切言うたらいかん。泣いてもあかん」

　普段はやさしいかあちゃんやけど、このときは、いつもより強い口調やったのを覚えている。

　ばあちゃんのことを気遣うかあちゃんの気持ちは痛いほどわかったけど、かあちゃんと別れる寂しさで、泣いてしもた。

　かあちゃんは涙を見せんかったけど、自分が親になってみると、子どもと別れる親のほうがつらかったと思う。

　かあちゃんは最後に言った。

「ばあちゃんに心配かけたらあかん」と。

　その言いつけ通りに、佐賀駅でばあちゃんの姿を見つけた俺は、一目散に走った。

　そしてばあちゃんに抱きついた。

「ばあちゃん！　会いたかった！」

かあちゃんとの約束やけど、ばあちゃんに会いたかったのも真実や。

ばあちゃんもうれしそうな笑顔を見せてくれて、俺もうれしかったよ。

ばあちゃんは、俺の気持ちを知ってか知らずか、「またすぐ夏休みが来るばい」と慰めてくれた。

けど、俺が柱に「夏休みまであと三百二十日」と書いて貼ってたら、

「まだ先ばい」

と本音が出るあたりはやっぱり、いつものばあちゃんや（笑）。

「母の日」「父の日」の作文

理数系は好きやったけど、国語がさっぱりあかんかった。そんな俺でも、一度だけ、国語の成績がトップになったことがある。

なんと、母の日に書いた作文が、コンクールで賞をもろたんや。

俺もびっくりしたけど、周囲もびっくりしたよ（笑）。

それは、こんな作文。

『僕のお母さんは、広島で働いています。
だから、僕はおばあちゃんと
二人で暮らしています。
お母さんと会えるのは、
一年に一回、
夏休みだけです。
冬休みも春休みも会いたいけど、
ばあちゃんに言ったら、
夏休みしか汽車が動かない
と言っていました。
友だちの家に遊びに行ったときは、
お母さんがいるのでいいなあと思います。
この前、お母さんに会いたくて、
一人で汽車の線路を見に行きました。
この線路は

お母さんのいる広島に
続いているんだなあと思いました。
僕はお母さんのことを思っています。
お母さんも僕のことを思っています。
僕とお母さんの思いは、
佐賀と広島の間で、
ぶつかっていると思います。
早く来ないかな。
お母さんに会える日。
僕にとって、夏休みが全部母の日です』
われながら、今読んでもなかなかいい出来やと思う。
ばあちゃんも喜んでくれて、俺もうれしかった。
ところが一カ月後、頭を抱えることになってしもたんや。
「母の日」の作文を先生からも褒められて、鼻高々の俺。
しかし「母の日」の一カ月後は、「父の日」がやってくる。

今度の国語の作文の課題は、当然のように「父の日」に決まった。

前にも書いたけど、俺の父ちゃんは、広島へ原子爆弾が投下された一週間後に、疎開していた佐賀から広島に戻り、家族を探して爆心地を歩き回った。

このときに残留放射能に被爆して原爆症になり、それが原因で俺が二歳のときに亡くなったんや。

俺には父ちゃんの記憶がまったくない。

かあちゃんもばあちゃんも、父ちゃんの話は、俺の前ではしなかった。

俺は困ってしもた。

うそを書くわけにもいかん。

そこで、ばあちゃんに相談した。

「ばあちゃん、俺、父ちゃんのこと知らんよ。どうしよう」

「なら、そう書いとけ」

「え？　知らんだけでいいの？」

「知らんもんは、知らん。仕方がなかと」

と、いつもの調子で笑ってる。

半信半疑やったものの、なんとなく納得した俺は、ばあちゃんに言われた通り、原稿用紙いっぱいに、大きく、『知らん』とだけ書いて提出した。

「ああ、先生に怒られるかもなあ」と思っていたんやけど、返ってきた作文には大きな赤い丸が付いている。

なんと百点満点やったんや。

きつねにつままれたような気がしないでもなかったけど、とにかくうれしかった。そんなわけで、二回も作文で満点を取ったときの、国語の成績は一等賞！

あとにも先にも国語で一等賞をもらえたんは、このときだけやったなあ。

うれし恥ずかし水泳デビュー

夏はみんな海水浴に行ったりプールに泳ぎに行くかと思うけど、俺が通ってた赤松小学校は、ちょうどプールが建設中やったんよ。

俺らの学年は寄付金だけ集められて、一度もプールに入れずじまい（笑）。

それでは、あんまりやと学校も思ったんやろな。

卒業生も何回か無料でプールに入れる日が設けられたんやけど、そのころはもう中学生で、中学校にはプールがあるし、結局入らんかった。

俺らが泳いだのはもっぱら川。

ばあちゃんちの前の川でも泳いだけど、友だちとよく泳いだのは、與賀（よか）神社の前の川。

みんな頭からドッボン、ドッボンと飛び込んでたよ。

ちょっとスリリングやけど、だからこそ、むちゃくちゃ楽しかった。

今やったら、「危ない！」と怒られるかもしれんなあ。

でも、低学年から中学生くらいまでの、いろんな年齢の子がそこで泳いでいて、ちょっと危ないことしたら、上級生が注意したりして、子ども同士の自治みたいな空気があった。

俺も、誰に教わることなく、皆が泳ぐのを見よう見まねで、知らん間に泳げるようになった。

昔はそうやって、学年やクラスの違う子どもらが一緒に遊んで、お互いに教え合って、泳ぎやら遊びを覚えていったもんや。

川で泳いだのは、佐賀に行った年やから、小学二年生のころかな。

初めて泳いだときのことは、強烈に覚えているよ。今でも忘れられん。楽しかったとか、びっくりしたとか違うねん。恥ずかしかったんや（笑）。友だちに川に泳ぎに誘われた俺。でも、海水パンツなんて持ってなかった。そこで、ばあちゃんにお願いした。

「海水パンツを買ってほしい」

「そんなもん、いらんばい」

「え、でも僕も泳ぎたい」

「泳ぐのにパンツはいらん、実力で泳げ！」

今の俺やったら、「実力て、なんでやねん！」と突っ込むところやけど、小学二年生の俺は、ばあちゃんの言葉を素直に聞いて、すっぽんぽんで泳いだよ（笑）。

恥ずかしかったなあ。

生まれたまんまで泳ぐのは、さすがに注目を集めすぎるので、それからは短パンのままで泳いだよ。

すっぽんぽんといえば、スッポン（笑）。

前に佐賀城のお堀で、いとこと捕まえたスッポンを売りに行って、そのお金で二十四色のクレパス買った話はしたと思う。

あれから五十余年、またスッポンを捕まえたんよ。

家の近所の川にミミズを二、三十匹入れた仕掛けをつくって置いたら、なんとスッポンがかかってた！

家でさばくわけにもいかんし、どうしようかと思って、あのときに売りにいった店がまだあるかと調べてみた。

そしたら、まだあった！

「木原うなぎ屋」という店。

子どものころはわからんかったけど、佐賀では老舗（しにせ）のウナギ屋や。

スッポンを持っていったら、ご主人が、「昔、うちのこと本に書いたことあるやろ」とちゃんと、俺がスッポンを売りにいったときのことを覚えていてくれたんや。

五十年以上の時が流れて、また子どものころとおんなじように、スッポンを売りにいけたことがちょっとうれしかったよ。

秘密基地で飯ごう炊さん

佐賀での夏の思い出で忘れられんのは、〝すみか〟やね。

原っぱとか雑木林に、板とかで屋根をつくってござ敷いてつくる秘密基地や。休みの前の日なんかに、誰からともなく「すみかつくろ！」という声が上がって、四、五人で集まってつくるんや。

すみかができると、モウソウチクをなたで切って飯を入れる器をつくる。切りっぱなしやと、竹のささくれが手に刺さって痛いから、ちゃんとナイフで面取りもするんよ。

今は危ないからというて、子どもにナイフとか持たせんけど、あのころはみんな、小刀を持っていたもんよ。

切りっぱなしやと痛い、ほんならどうしたらええか？

面取りなんて言葉は知らんかったけど、ナイフで削ったら痛くないということに気がついて、削る技術も向上する。

日本が高度経済成長したんは、この考える力と技術力やと思ってるよ。

それで、器ができたら、木っ端を拾いに行って、いよいよご飯の時間。

誰かが持ってきた飯ごうで飯を炊くんやけど、火事にならんように、ちゃんと火の周囲の草を引っこ抜いて穴を掘る。

米はあらかじめ家で洗ってきて、それにバケツでくんできた水で炊くんや。

俺は普段からまきで飯を炊いていたから、飯炊きはお手の物。

火の周りには家から持ってきた目刺しやら魚肉ソーセージを並べて、あぶって食べたなあ。これがうまいのなんの。

夜まで子どもらだけで、しゃべっているだけで、むちゃくちゃ楽しかった。

「はよ寝ろ！」と言う親もおらん（笑）。

「朝までしゃべろう！」と意気込むんやけど、疲れ切って爆睡。

いつも気がついたら朝やった（笑）。

今も大好き、ばあちゃんの味

子どものころは、魚釣りもうまかった。

ばあちゃんちの前の川でも小魚がよう釣れて、それをばあちゃんが小麦粉をまぶして油で揚げてくれた。

頭も骨もパリパリ香ばしくて、うまかったなあ。

ちょっと大きめのフナやハヤが釣れたときは、ばあちゃんが昆布で巻いて、昆布巻きにして煮てくれた。

いろりでコトコトと時間をかけて煮込むから、骨も軟らかくなって、丸ごと食べられるんや。

ばあちゃんは、いろりとかまどを上手に使い分けていた。

煮しめをつくるときは、あらかじめ材料に薄めの味付けしてかまどで煮立てる。それをいろりに移してじっくり煮込む。

ちゃぶだいの横にいろりがあったから、かまどまで取りにいかんでも、いつでも、すぐ横にできたての熱々のおかずがある。

だしは、いつも前の晩から鍋に水を張って、いりこを浸しておくんや。

俺の朝は、まずかまどでご飯を炊いて、蒸らしている間に、もう片方のかまどで、鍋のだしを沸かす。

鍋の上には、みそを付けた木杓子（きじゃくし）が置いてあるから、それで混ぜれば、子どもでもみそ汁が簡単にできるんや。

そのおかげで、俺は今でも、「これくらいの水の量なら、みそはこれくらいやな」と、即座にみその量がわかるよ（笑）。

炊きたてのご飯は、まず仏さんに供えるんやけど、夜には乾いてパリパリになってしまう。そのままでは食べにくい。

けど、仏さんのご飯は粗末できん。

どうするかというと、実は、これがええ具合に水分が抜けて、焼きおにぎりにはちょうどええんや。

しょうゆを塗っていろりで、こんがりと焼けば、香ばしくて最高の焼きおにぎりや！

ばあちゃんの料理で覚えているのは、こんにゃく、ゴボウ、レンコン、ニンジンをいろりでじっくり煮込んだ煮しめ。

そして豆腐とホウレンソウのあえ物や、酢みそをかけて食べるニラのおひたし。

ばあちゃんの料理はいつも器にどっさり山盛りなんよ。

それに慣れているから、京料理みたいに、ちょこちょこ出てくるのは今でも性に合わん（笑）。

どさっと盛ってあるのが好きや。

一番好きやったんが混ぜご飯。

鶏とゴボウやニンジンを煮て、それを煮汁ごと炊きたてのご飯にまぜるんや。

「一緒に炊き込んでしまうと、米がつぶれる」とばあちゃん。

たしかに、あとから具と煮汁を混ぜるほうが、米粒がキリッと立って歯応えがあってうまいんよ。

今でもカレーを食べるときは、ご飯に麦を三分の一くらい混ぜた麦ご飯。

白米だけより、歯応えがいい。

煮物をつくるときは、必ずゴボウとこんにゃくを入れる。

ばあちゃん得意のハクサイの古漬けは、嫁さんに引き継がれて、毎日食べてるよ。

こうして考えると、ばあちゃんの料理が、俺の食べ物の好みの基本になっているのに驚くよ。

ばあちゃんちは冷蔵庫がなかったから、夏はご飯をざるに入れて、風通しのいいところにつっていたんやけど、たまにツーンと酸っぱいときがあった。

「ばあちゃん、これ酸っぱい」

「ちょっと待っとけ」

ばあちゃんは酸っぱいご飯を水で洗って、ほうじ茶で茶がゆにしてくれた。

今はさすがに酸っぱいご飯やないけれど、たまに茶がゆをつくって、ばあちゃんの味を思い出しているよ。


増えた家族。文明の利器にびっくり！


ばあちゃんとアラタちゃんと俺との三人の暮らしに、新たな風が吹いたのが小学五年生のころやった。

喜佐子おばちゃんのすぐ下の妹洋子おばちゃんの旦那さんが亡くなってしもた。

洋子おばちゃんの旦那さんは、警察署の事務員をしていたから、当時、洋子おばちゃん一家は警察の官舎に住んでいた。

でも、旦那さんが亡くなったので、官舎を出なければならなくなったんや。

洋子おばちゃんちには、当時、五歳のとも子、三歳のてつろう、一歳のやすのりの三人の子どもがいた。

まだ小さい子どもを三人も抱えた洋子おばちゃんは途方に暮れた。

そこで、ばあちゃん登場!

「うちの二階に住め!」

と、ガハハと笑った。

子どもを七人も産んで育てあげたばあちゃん。

「七人育てるも八人育てるも一緒ばい」

と、快く俺を預かってくれただけのことはある。

ばあちゃんは洋子おばちゃんに言った。

「恩給も出るかもしれんが、お金もすぐにいる。すぐ働け!」

その声に、洋子おばちゃんは、あっという間に近所のとんかつ屋の皿洗いの仕事を見つけてきて働き出した。

さすが、働き者のばあちゃんの血を引く洋子おばちゃんや。

「二日働いたら千円になる。それで米を買う。みそを買う。しょうゆを買う。それがあったら、死にはせん。おかずはあとからついてくる。ガッハッハ」

と、どこまでも前向きなばあちゃん。

三人暮らしが、いきなり七人暮らしに。

明るいばあちゃんを中心に、にぎやかな七人暮らしが始まった。

洋子おばちゃんたちが二階に住むようになって、初めて体験した衝撃的なことがいくつかある。

一つは洗濯機。

一槽式で脇にローラーが二本付いていて、洗い終わった洗濯物をそれに挟んで絞って水を切るタイプやった。

もうね、びっくりしたよ。

それまで洗濯といえば、普通のせっけんで、川でするもんやと思ってたから、文明の利器の便利さに驚いた。

驚いたのは、それだけやない。

洗濯洗剤「ザブ」。

今の洗剤と違って、子どもが抱えきれんくらいの大きな箱に入ってた。

今はコンパクトに濃縮する技術があるんやろけど、昔は「これでもか！」というくらいの量を入れたよ（笑）。

さらにびっくりしたんが冷蔵庫。

ツードア式で、上の扉は氷を入れる氷室で、下の扉は食べ物を入れる冷蔵室。上に入れた氷の冷たい空気で、下の食べ物を冷やす仕組みになっていた。

氷は毎日、氷屋さんが大きな氷柱を届けてくれてたなあ。

食べ物はひんやりと冷えるんやけど、当然、氷よりは冷たくはならん。

そやから、夏のむちゃくちゃ暑い日は、氷室の氷を砕いて、かじって食べるのが楽しみやった。

当時、駄菓子屋では、オレンジやパインの粉末ジュースが人気で、よく俺も水に溶いて飲んでたんやけど、これに氷を入れたら、むちゃくちゃうまい！

洋子おばちゃんに見つからんように、少しずつ削って、いとこらと一緒にかじってたもんや。

「あんたら、また氷食べて！」

仕事から帰ってきた洋子おばちゃんに、お目玉くらった暑くて冷たい夏の思い出。

喜佐子おばちゃんも当時、近所に住んでいた。

喜佐子おばちゃんちには、テレビがあったので、週末の晩ご飯のあと、子どもたちでよく見に行ってたんよ。

俺は一歳のやすのりをおんぶして、三歳のてつろうと五歳のとも子の手を引いて、目を離したらどっか行ってしまうアラタちゃんの腰にひもを結んで、それを引っ張って歩かなあかんから大変やったよ（笑）。

それでも、みんなで一緒にテレビを見るのは、ものすごく楽しい時間やった。

喜佐子おばちゃんの旦那さんは、専売公社に勤めるサラリーマンやったけど、働き者のおばちゃんは、小さな居酒屋とかき氷屋を切り盛りする兼業主婦でもあった。

俺は、おばちゃんのかき氷を食べるのが、テレビを見るのと同じくらい楽しみやった。

基本は黒砂糖の蜜（みつ）で、五円追加すると白い砂糖をかけてもらえる。

「砂糖は売りもんばい」と、俺らは蜜だけやったけど、それだけでも、もう十分においしかった。

ばあちゃんちでは、かまどやいろりで消し炭がたくさんできる。

消し炭は、すぐに火がつくので、まきに火をつけるときに便利なんや。

これを定期的に、喜佐子おばちゃんちに持っていくのが俺の役目やった。

夏の暑い日は、よくおばちゃんがそうめんをつくってくれた。

おばちゃんちには氷がいっぱいあるから、そうめんにもつゆにも氷がどっさり。

「冷たいってことは、こんなにおいしいもんなんか!」と俺は、大感激したもんよ。

だから、今でも、そうめんを食べるときは、つゆも器もキンキンに冷やす。

〝冷〟は、夏の一番のごちそうやね。

ばあちゃんが来てくれた卒業式

いよいよ小学校も卒業が近くなったころ。

赤松小学校の卒業生は、ほとんど全員が城南中学校に進学するから、友だちと離れ離れになる寂しさはまったくなかった。

それよりも、早く中学で野球をやりたいという期待のほうが大きかったな。

卒業式には、かあちゃんは仕事で来れんかったけど、ばあちゃんが来てくれた!

これはほんまにうれしかった。

ばあちゃんが学校に来てくれたのは、これが二回目。

一回目は、俺が転校した日。

ばあちゃんを見たクラスのやつから、「おまえのかあちゃん、年とってるなあ」と言われて、ばあちゃんは、俺に気を使わさんとこうと思たんやろね、転校したその日から、一度も学校に顔を出すことはなかった。

運動会も参観日も来なかった。

寂しかったけど、ばあちゃんの心遣いは、十分にわかってたから、俺もあえて「来てくれ」とは言わんかった。

そんなばあちゃんが、卒業式に来てくれたんや。

俺は心の底から言うた。

「ばあちゃん、ありがとう！」

卒業式のことはほとんど覚えてないけど、一つだけ忘れられん思い出がある。

それは、天ぷらうどん。

ばあちゃんが、卒業の祝いにうどん屋に連れていってくれたんや。

今でも覚えている、佐嘉神社の横にあった「金ちゃんうどん」。

そこでばあちゃんは俺に言った。

「なんでも好きなもん食べんしゃい」

なんでも食べていいというのもうれしかったけど、ばあちゃんと外食をしたのは、これが初めてやった。

それが、たまらなくうれしかったんや。

俺が子どものころ、ラーメンがはやったことがあって、あちこちにラーメン屋ができ始めた。

子ども用のラーメンが二十円くらいやったかな。

ばあちゃんに「ラーメン食べてみたい」と言うたときも、店の前まで連れていってくれて、俺一人でラーメン食べて、ばあちゃんは外で待ってた。

お金がなかったんか、外食の習慣がなかったのか、今となってはわからんなあ。

ともかく、俺はそこで一番高い天ぷらうどんといなりずしを注文した。

ばあちゃんも天ぷらうどんを食べた。

うどんもいなりずしも、ほんまにうまかったよ。

うどん屋を出ると、斜め向かいに回転焼き（今川焼き）の店があった。

そこでばあちゃんは足を止めた。

「白いのがうまかばい」

俺とばあちゃん、そしてアラタちゃんの分も買って家に帰った。

もちろん、回転焼きもうまくて、アラタちゃんもうれしそうやった。

佐賀に来て一番の贅沢（ぜいたく）な食事。

最高の卒業式の日やった。

2

少しのお金と、たくさんの友だち

憧れの城南中学野球部に入部

中学に入学すると、俺は迷わず野球部に入部した。

小学校のとき、同じ野球チームにいた友だちも、ほとんど全員が野球部に入った。

城南中学校は野球が盛んな学校。

学校の敷地がもともと市民球場やったから、グラウンドにはマウンドもあって、外野には芝生も生えていた。

野球をするには、抜群の環境やったから、野球部も強かった。

当時、野球部には三年生が十二人、二年生が十三人、そこに一年生が三十人以上も入部した。

初めての部活の日。

一年生はボールを握る前に、五十メートルくらいの距離を走らされた。

小学校時代、ばあちゃんに勧められて毎日走っていた俺は、ダントツの一位！先生からも、「お前、足速いなあ」と注目してもろた。

そのあと、グラウンド十周を走らされたんやけど、ここでも俺は一位。

「お前、長距離も短距離もいけるんか」と先生も驚いてた。

顧問の先生は、野球部とバスケットボール部兼任の田中先生。教科は体育担当だった。

俺らが入学する前までは、城南中学校の野球部を強くした名監督と呼ばれた、鶴先生が顧問をしていた。

ところが、俺の入学と入れ違いで、転任してしもたんや。

鶴先生の評判は、俺ら野球好きの小学生にも浸透してたから、「中学入ったら、鶴監督の下で野球できるんやで！」と楽しみにしていた。

それだけに、鶴先生の転任は、正直言うて、ちょっと残念やった。

それが、この田中先生がのちのち俺らにとって忘れられん名監督になるとは、このときは、誰も予想できんかった。

短距離と長距離を走らされたあとは、キャッチボール。

中学生になって、初めて野球をするやつも多かったから、みんなポロポロとボールをこぼしてたなあ。

そら、こないだまで小学生やったんやから、「城南の野球部かっこいい！」と軽い気持ちで入ってきたやつも少なくなかったと思うよ。

キャッチボールのあとは、守備練習。

「お前ら、今からノックするから、好きなポジションにつけ！」と言う先生の声に、あのころ、〝サード長島〟が大人気やったから、ほとんどのやつがサードに集まった。

セカンドとかライトは誰もおらん。

「全員サードやったら、野球できんやろ！　セカンドはおらんのか。セカンドは、内野の大事なポジションや。それにセカンドのほうがレギュラーになりやすいぞ！」と先生が言うたら、全員がザーッとセカンドに移動する（笑）。

「サードが誰もおらんやろ！」と言うたら、また一斉にサードに移動。

「おまえら、ばかか（笑）」と先生も笑ってたよ。

しばらくノックした先生は、

「よし、だいたいわかった。今後、違うポジションに変わりたかったら、相談に乗るから、取りあえずポジションを発表する」と、先生は暫定的にポジションを決めた。

走らせて足の速さを、キャッチボールで肩の強さを確認して、ノックして守備の適正をみたんやろね。

俺は今まで守ったことのないサードに決まった。野球は初心者やったけど、背の高いやつが四人ほどピッチャーに指名されていたなあ。

実は、この田中先生の采配(さいはい)には、大きな秘密が隠されていたんや。

野球の本をカンニングしていた田中先生

最初のころの先生の印象は、「いつも本を読んでいる人やなあ」というイメージが大きかった。

いつも、練習のときは本を読んでいるから、不思議に思って二年生のときに、思い切って聞いてみた。

「先生、いつも何の本を読んでいるん？」

「ああ、これか？　野球の本や。俺はバスケは専門やけど、野球のことはようわからんから、本を読んで勉強してるんや」

ビックリしたよ、もう。まさかカンニングしてるとは思わなんだ（笑）。

でも、これが結果的には、俺らにとって、ものすごくええ結果となったんよ。

野球の指導書に基づいているから、経験則での独りよがりな判断をしない。

自分の野球論を押し付けることもない。

当時の野球部にありがちやった無駄に長い練習やしごきも否定していた。

「三年生は一年生を殴るな。殴っても野球はうまくならん。しごくくらいやったら、技術を教えろ」と、よう言うてたな。

さて、そんな田中先生の下、新体制となった城南中学校の野球部。

俺は、初めてのサードに指名され、わくわくする気持ちを抑えられんかった。

部活の二日目。

一年生は二十五人に減ってた（笑）。

野球の経験のなかったやつは、キャッチボールだけで、「もう無理や！」と思ったんやろね。

練習はそんなに厳しくはなかったけど、野球の名門校やからレベルは高かった。そのうち二人やめ、三人やめ、六月の大きな試合、「NHK杯」の前くらいには、一年生は二十人くらいになった。

入部して約二カ月。

ここで俺に大舞台の出番が来たんや！

入部二カ月で試合に出られた！

俺の中学校時代も、小学校のときと同じように、人気スポーツといえば野球か相撲やった。

当然、部活も野球部が人気かと思いきや、部員が一番多かったんは陸上部。なんでかというと、金があんまりかからないから（笑）。

必要なんは、ランニングシューズくらいやしね。

一番金がかかるのが竹刀やら防具をそろえなあかん剣道部で、野球部もそれなりに金がかかる運動部の一つやった。

中学生になるころには、かあちゃんの給料も上がっていたので、グローブは買ってもろたけど、スパイクは持っていなかった。

ばあちゃんにねだってみたけど、「いつやめるかわからんのに、スパイクなんか、まだよかばい」と買ってもらえなかったんや。

まあ、それでも新しいグローブがあるだけでも満足やった。

忘れもせん、六月の「NHK杯」前の練習試合のときやった。

田中先生が言った。「おい、徳永。ライトを守れ」

先輩たちが一斉に俺を見た。

そのとき初めて、三年生から、「おまえ、名前なんて言うんや」と声をかけられた。

胸にでっかく「徳永」って書いてあるのに、聞いてきよるねん（笑）。

足の速さと守備力が認められたんやと思うけど、入部して二カ月で、練習試合とはいえ、一年生が出してもらえるなんて、ありえないケースやったんやろな。

俺はびっくりしたけど、先生の指示や、「はい」と、返事した。

ところが困った！

俺はスパイクを持ってへん（笑）。

せっかく練習試合に出られるチャンスを得たのに、スパイクがない。

苦肉の策で、足のサイズが一緒の友だちのスパイクを借りてライトの守備についた。

試合の内容は、細かいことまで覚えてへんけど、それほど大きな波乱はなく、膠着(こうちゃく)状態で回が進んだ。

あれはたしか六回やった。

俺に打順が回ってきた。

思い切って振り切ったけど、当たりは鈍く、あえなくサードゴロ。

ところが、サードが球をはじいてしもた。エラーや！

「セカンドまでいける！」

とっさにそう判断して、セカンドベースに滑り込んだ。

実はそれまでスライディングなんてしたことなかったんよ。

それが、スライディングがばっちり決まって、さらにプロ野球の選手みたいに、シュッとベースの上に立ち上がった。

俺も自分自身でびっくりしたけど、周囲もびっくりした。

目を丸くして田中先生に聞かれた。

「おまえ、スライディングなんてどこで覚えたんや?」

実際、スライディングの練習もしたことなかった。

テレビや球場でプロの選手がしているイメージが頭のどっかに残っていて、なんとなくできるんちゃうかな、と思って滑り込んだら、イメージ通りにできたんや。

ほんまのことやから、その通りに先生に言うた。

「いや、テレビとか球場でカープの選手がしているのを見てたから」

「そうか」

先生はたった一言そう言っただけやけど、これを機にライトのレギュラーポジションを手に入れたんや!

早朝アルバイトで資金稼ぎ

入部二カ月の一年生で、晴れて野球部のレギュラーになったのはうれしかったけど、部活動にはいろいろお金がかかる。

練習用のユニホームは、入部のときに買ってもろたけど、それ一着っきり。ばあちゃんが毎日、川で洗濯してくれたけど、成長期で体も大きくなるし、雨でユニホームが乾かんときもあるし、やっぱり一着だけではやりくりできん。

そこでなんとかユニホームを買おうと頭をひねった。

「そうや！　アルバイトや！」

当時は家の仕事を手伝うために、学校を休む子は少なくなかった。

農家の子どもは、田植えや稲刈りのときは、休むのが当たり前やった。

「芦原くん、最近見かけんなあ」

「家の鉄工所が忙しいから手伝ってるらしいよ」

そんな会話も日常茶飯事やったなあ。

アルバイトをすると不良になるとか言うような大人もおらんかった。

とはいっても、中学生にできる仕事といえば市場の荷物運びや片付け、新聞配達、造り酒屋の瓶洗いといった肉体労働。

俺は中学に入っても相変わらず、朝の飯炊きや水くみをしていたから、

「明日は早朝から朝練習があると」

とばあちゃんにうそをついて、こっそりと朝の四時ごろから中央市場の荷物運びのアルバイトに行くことにした。

バイトが終わるのは朝の七時ごろ。

そのころにはすっかり疲れ果てて、授業に出ても居眠りばかり（笑）。

どうせならじっくり寝ようと、授業には出ず、そのまま学校の部室で熟睡して午後三時からの野球部の練習に備えたもんよ。

おかげで、勉強はさっぱりできんかったけど、睡眠はたっぷりで野球部の練習はばっちりやった（笑）。

早朝のアルバイトと昼寝と練習の日々。

野球部の練習が終わるのが、だいたい夜の七時くらいで、それから庭の木にくりつけた中古のタイヤをきっちり百回バットでたたいてから風呂入って寝る。

ばあちゃんとは違う部屋で寝起きしてたから、俺がそんな二重生活をしていたことは、気づかれてへんと思っていたけど、だんだん野球道具やユニホームが増えていったから、見て見ぬふりをしてくれてたかもしれんなあ。

そんな毎日やから、勉強はさっぱりやった（笑）。

まったく勉強せんかった俺やけど、理数系は得意で、テストも一夜漬けの付け焼き刃やったけど、そこそこええ点が取れた。

なんで理数系が得意かというと、先生の話を聞いてるだけで、なんとなくわかるから。

それに対して、国語とか社会は暗記をせんとあかん。

俺はしょうもないことの記憶力は抜群なんやけど、興味のないもんを暗記するのが大の苦手なんや。

そして中学からは英語の授業が始まった。もともと文系は苦手なうえに、英語はまず英単語を覚えんとあかん。

もう、完全にお手上げ（笑）。

そこでばあちゃんに相談した。

「英語なんかさっぱりわからん」

「なら、答案用紙に『私は日本人です』って書いとけ」

「漢字も苦手やし……」

「『僕はひらがなとカタカナで生きていきます』って書いとけ」

「歴史も苦手や」

「ほんなら『過去にはこだわりません』って書いとけ」

さすがは俺のばあちゃんや（笑）。

上級生にねたまれてケツバットをくらう

野球部に入部して二カ月。

こないだまで小学生やった俺が、野球の名門校でレギュラーに指名されたことは、周囲の誰もが驚いた。

当時の俺は百五十センチそこそこ。

野球部のなかでも小柄なほうやった。

三年生の先輩なんか、背も高くて体もがっしりして、体格だけでいえば、大人と子どもくらいの差があったよ。

三年生のキャプテンの譲葉さんは、背も高くて野球もうまくて、ほんまにかっこよかった。

憧れの先輩や。

譲葉さんは卒業後、佐賀商業から甲子園に出場したくらいやから、当時から存在が際立っていたなあ。

そんなレベルの高い野球部で、俺がレギュラーになれたのは、ひとえに足の速さやと思う。

中学野球は軟式やから、硬式に比べてボールがよく弾むんよ。グラウンドもプロ野球みたいに整備されてへんからイレギュラーバウンドもある。

それに守備もまだ、それほどうまくないから、けっこうエラーが多い。

そんなときに役に立つのが足の速さや。

シングルヒットでもセカンド、ときにサードのベースまで奪うことも少なくなかったよ。

小学生のときに、剣道やりたいとばあちゃんに言うたら、

「剣道は金がかかる。走るんは金がいらんから、とにかく走れ！」

と言われて、ちょっと理不尽に感じながらも、毎日毎日走っていたトレーニングの賜物（たまもの）や。これは、ほんまにばあちゃんに感謝してるよ。

レギュラーになれて、友だちからは「ええなあ」とうらやましがられたけど、ええことばかりではなかった。

城南中学校の野球部は、全員で五十人以上いたから、レギュラーになれん部員のほうが多い。

三年生でも、一度も試合に出ず、ずっと補欠の先輩もいた。

二年生は、まだこれからチャンスがあるからか、そうでもなかったけど、三年生のなかには俺に嫌みを言う先輩もいた。

なかでも、一番いじめられたんが補欠のK先輩。

「おまえ、ええカッコすんなよ！」と、よくバットで尻を殴られたなあ。

いわゆるケツバット。でも殴った後で、「おまえはレギュラーで、ええよなあ」とポツリと言うこともあった。

顧問の田中先生は、いつも言うてた。

「球拾いも野球部員にとって大事な仕事。球拾いをするもんがおらんかったら、練習もちゃんとできん。試合に出られん補欠も、野球が好きで野球部にいるのなら、みんなが練習をしやすい環境をつくるのも部員の務めや。それが嫌やったら野球部をやめろ」と。

三年生の先輩で、たまにしか試合に出してもらえん先輩がいた。

面白くないから野球部をやめようとしたんやろな。

そしたら田中先生は、「おまえは早よ家に帰っても何もすることないやろ（笑）。どーせろくなことせんのやったら、試合はたまにしか出られんかもしれんが、野球部におれ」と言うた。

もともとその先輩はいつも明るい性格で、ムードメーカー。

それから、球拾いを一年生と一緒に進んでやるようになった。

野球はあんまりうまくはなかったけど、後輩からすごく慕われた先輩やった。

野球は四番バッターだけでは、できんということを田中先生に教えてもろたよ。

最初はこっそり応援してくれてたばあちゃんやったけど……

小学校のときは、野球の練習はもちろん、学校の行事にも顔を出さなかったばあちゃん。

ところが、中学に入ると、野球部の練習や試合を見に来てくれるようになった。

でも、相変わらずかあちゃんとちごて、ばあちゃんやということで遠慮してたんやろね。

練習試合なんかでも、物陰からこそっと隠れるようにして見てるんよ。

でも、みんなにバレバレ(笑)。

チームメートが、「おい徳永、今日もばあちゃん来てるよ」と教えてくれるんやけど、せっかくばあちゃんが気を使ってこっそりしているんやもん。

「うん、知ってる」とだけ答えて、俺も気がついてないふりをしていた。

ところがある日、練習試合から帰ってきて、家の扉を開けようとしたら、待ち構えてたかのように、ばあちゃんが勢いよく家の中から飛び出してきた。

「あんた、今日、打ったね!」

そう、その日は、俺がサヨナラホームランを打った日やった。

もちろん、ばあちゃんが見に来てたのは知ってたけど、「あれ? なんで知っとっとね?」ととぼけてみた。

そしたらばあちゃんは「アハハ」と照れたように笑った。

ばあちゃんの気持ちは痛いほどわかるから、俺もそれ以上はなんも言わんかった。

　そんなことが何度かあって、だんだんばあちゃんも、物陰から真ん中のほうに出てきて応援するようになった。

「昭広！　打て～！」

　小学校の運動会から家族が来ないことに慣れていた俺にとっては、照れくさいけど、ものすごくうれしかったなぁ。


キャプテンになったとたん、ばあちゃんは一万円札を握りしめた

　二年生になって夏の大会が終わって、三年生が引退すると俺は野球部のキャプテンに指名された。

　キャプテンは一年生と二年生全員の投票で決めるんやけど、一年生からレギュラーで試合に出ていた俺は、ほぼ満場一致で決まったらしい。

　今の高校野球とか見ていると、補欠の選手がキャプテンを務めている学校もあるけど、昔は一番野球がうまいやつがキャプテンになるのが常やった。

　キャプテンに決まった瞬間、ものすごくうれしかったけど、「俺にできるんやろか」とちょっと不安もあったなあ。

キャプテンに決まった日、晩ご飯を食べながらばあちゃんに言った。

「俺、今度、キャプテンになったよ」

そう言うやいなや、ばあちゃんはいきなりすっくと立ち上がった。

そして、花嫁道具のご紋付きの長持をパカッと開けると、中から一万円札を取り出した。

「昭広、今からスパイク買いに行くよ」

そう言いながら、玄関を出て行くんや。

たしかに俺は、スパイクを持っていなくて普通の運動靴で練習していた。

「え！　スパイク？　今から？」

と言いながら、ばあちゃんのあとを追った。

「いいや、キャプテンやけん、スパイクを買うんや」

「もう七時やし、店も閉まっているよ」

ところが、ばあちゃんは言い出したら聞かへんのや。

ばあちゃんのあとについて、近所に一軒だけあるスポーツ店に着いたころには、もう七時半を過ぎていた。

店のおっちゃんが表に陳列していた靴を忙しそうに店の奥へと片付けていた。

「ほら、やっぱりもう遅いよ」

と、ばあちゃんに言ったと同時だった！

「一番高いスパイクください！」

と、ばあちゃんは大きな声で言った。

「はあ？」

とけげんそうな店のおっちゃん。

「一番高いスパイクください！」

もう一度大きな声で繰り返した。

色でもサイズでもなく、いきなりばあちゃん何を言うんや！

面くらいながらも、おっちゃんは、ばあちゃんの言うことを理解したのか、店の中に引っ込んで、スパイクを手に出てきた。

「はい、二千五百円です」

おっちゃんがそう言うとばあちゃんは、

「そこんとこをなんとか一万円で！」

と、必死の形相で握りしめた一万円を差し出した。

「え？　二千五百円ですよ」

と、目を白黒させたおっちゃん。

俺もあまりの衝撃に呆然（笑）。

だけどばあちゃんは、ひるまない。

「そこをなんとか！　これだけしかないんです！」

「いや、おつりきますよ」

と、目を白黒させたおっちゃんは困り果てていた。

何度か「そこをなんとか」を繰り返したあと、ばあちゃんも落ち着いて、事なきをえた（笑）。

帰り道で聞いてみたところ、久しぶりに使う一万円に興奮と緊張がマックスやったらしい。

ともあれ、上等なスパイクを買ってもろた！　俺はうれしくてうれしくて、何度も眺めたりなでたりして、寝るときは枕元に置いて寝た。

ばあちゃんが「そこをなんとか一万円で！」と言うた話は、しばらく笑い話になった。

今でもふと思い出して頬がゆるむよ。

かっこいいスパイクを買ってもろた！　もう、めちゃくちゃうれしくてね。

いつも試合のたびに友だちに借りていたスパイクが、自分のものになったんや。

キャプテンになったんもうれしかったけど、自分のスパイクが手に入ったことは、それと同じくらいうれしかった。

その夜は、興奮してなかなか寝付けんかったよ。

朝、目が覚めた。枕元にちゃんとスパイクがあるのを確かめて安堵した俺は、スパイクとこのまま別れるのが寂しくなって、スパイクを履いて学校に出かけた。

学校に着いたら、玄関口で丁寧に泥を落として、上履きに履き替えて、スパイクを片手に教室へ向かった。

一時間目は数学やったけど、そんなんおかまいなしに机の上にスパイクを置いた。

「徳永、どうしたと？」

クラスメートが不思議そうに聞いてくる。そらそうやわな（笑）。

「これ、新品ばい」

得意げにそう答えて、スパイクをみんなにみせびらかした。

授業が始まってもそのまんまや。

「徳永、なんや、それは？」

「新品のスパイクです！　いいでしょう？」

先生に尋ねられても胸を張って答えた。

二時間目の理科にも、三時間目の歴史でも、机の上にスパイクを置いて、先生からの質問を待ってたもんや。

この日から、少なくとも二、三日は、これやってたんと思う（笑）。

生まれて初めてのスパイクが、それも一番高いスパイクがうれしくて、うれしくてしかたなかったんや。

小学校のときも二十四色のクレパスがうれしくて、いつも机の上に置いていたなあ。

ちっとも成長しとらんね（笑）。

女の子よりも男の友情

中学二年生にもなると、ちょこっと色気も出てきた。といっても色恋の話やない。

俺は、キャプテンになったとたんものすごくモテモテになったんよ。

城南中学校の野球部は、県内でも有名な強豪チームやったから、そのキャプテンともなると、それだけでも注目されるんや。

大げさやなく、学校のアイドルよ。

同級生はもちろん、下級生や上級生、よその学校の女子からまでも、ファンレターがいっぱい届くんや。

「これ、読んでください」ともじもじしながら手紙を渡されたり、下駄箱を開けたら、バサッと手紙が落ちてくるという、漫画のようなこともあった。

応援されるのは、うれしくないわけでもなかったけど、野球に夢中で、女っ気はなかったなあ。

今にして思えば、ずいぶん、もったいないことした（笑）。

俺の色気というのは、朝の飯炊きのときの話や。

中学生になっても朝はかまどで飯を炊くのは俺の仕事。

飯は庭先の小屋で炊くんやけど、その小屋は通りに面している。塀の向こうには、城南中生だけやなくて、小学生から附属中学、佐賀商業に通う生徒たちが、ぞろぞろと通るんよ。

小学生のころは飯を運んでたら、「ボク、ご飯炊いてんの？　えらいねえ」とか声かけてもろて、俺も得意やったんやけど、さすがに中二になると、飯炊きが恥ずかしくなった。

人がいない瞬間を見計らって、ささっと忍者のように釜を抱えて走ったよ。

俺は女の子たちのファンレターより、男の友情に感謝してた。

その友情の証は、餅（もち）や。

うちが貧乏だと知ってか知らずか、友だちがいろんな物をくれたり、親切にしてくれた。なかでも一番、世話になったのが、大きな農家の息子の南里くん。

ある日、突然、南里くんが俺に聞いてきた。

「徳永くんて、餅好き？」

「うん、好きやけど……」

「じゃあ、家にいっぱいあるし、明日、持ってくるよ」

にっこり笑って、そう言いながら帰っていった南里くん。

ところが、次の日の朝。

ホームルームで、抜き打ちの持ち物検査が行われたんや！

「おい、このナイフはなんや？」

「お前、何でライターなんか持っているんや」などと、先生の厳しい声が近づいてくる。

俺は、悪いことしてへんかったから、平然としてたんやけど、南里くんの番がやってきた。

「南里、なんや？　これは」

先生のあきれたような声が教室に響いた。

それもそのはず、南里くんのかばんの中からは、大量の餅が出てきたんやから。

ところが南里くんは、あっけらかんと言った。

「餅ですけど……」

「いや、餅は見たらわかる。餅を持ってくるのは悪いとは言わんけど、教科書は？」

なんと南里くんは、俺のためにかばんいっぱいに餅を持ってきてくれてたんや。

それから南里くんは、野菜もよく持ってきてくれるようになった。

ところが運の悪いことに、またしても持ち物検査とかち合ったことがある。

かばんいっぱいにジャガイモ。

先生の雷が落ちた！

「餅とかジャガイモとか、おまえはいったい学校に何しに来とると！」

南里くんのかばんから出てきた、大量のジャガイモに、先生の大きな声が教室中に響いた。

「いや、徳永くんがジャガイモとかを見たことないって言うたから、見せてあげようと思って持ってきたんです」

「おい、徳永！　おまえ、ジャガイモ見たことないんか？」

先生の矛先が俺に向いた。

さすがにジャガイモを見たことないというのは無理がある。

じわっと汗が出てきた。

「あ、いや、うん……」

とか言うて、なんとかその場をごまかしてみたけど、先生がそれで納得するわけはない。

「ジャガイモを見せるためやったら一個でええやろ。なんでこんなかばんいっぱい持ってくるんや？」

たしかに先生の言うことはもっともやわな（笑）。

俺は、自分のために南里くんに嫌な思いをさせてしもて申し訳なくなって、小さく縮こまっていた。

でも、南里くんはニッコリ笑ってこう言った。

「先生、徳永くんはいろんなジャガイモを見たいと言うてたんです。だって、ジャガイモは二つとして同じものがないんです。ジャガイモにもいろんな顔があるんですよ」

さすが農家の息子！

南里くんの機転のきいた返答に、教室中から歓声と拍手が沸き起こった。

これにはさすがの先生も苦笑い。

「そうか、わかった。けど、教科書は持ってこいよ」

親友に恵まれた日々

俺に餅やらジャガイモを持ってきてくれた南里くんとは、今でも付き合いがある。

実家の農業を継いで俺の近所に住んでいるから、しょっちゅう家に来たり、飯食いにいったりしているんや。

中学生のときは俺と同じくらいの背の高さやったのに、高校へいってからどんどん伸びて、今では百八十センチの大男。

農家やし、日に焼けて真っ黒。

おまけにパンチパーマでガタイもいいから、一見すると怖いんやけど、性格がむちゃくちゃいいんよ。

チェーンソーで木を切るときとか、芝生を刈るときとか、力仕事が必要なときはいつでも助けてくれる。

佐賀で一番人がええんちゃうかな（笑）。

「洋七さんって、南里さんと友だちなん？」

「昔からの親友よ」

「あの人、ほんと人がよかもんね、顔は怖いけど」

というような話もしょっちゅう。

農家やし、よく野菜を持ってきてくれるんやけど。たとえば、

「トウガンいる？」

「俺、明日からおらんし、嫁さんだけでは食いきれんし、ええわ」とか、はっきり言えるんがええ。これが親友。

食べへんのに社交辞令でもろて、結果腐らしたりしたらもったいない。好きなこと言えんのやったら友だちにならんほうがええと俺は思うよ。

こないだなんか俺も嫁さんも留守のときに、南里くんが勝手にうちの畑に秋ナスの苗を植えてるんよ。

非常時のために鍵も預ける間柄や。

南里くんは、漫才師として売れたときも売れへんようになったときでも、ずっと変わらん態度で俺に接してくれる。

何でも言える友だちは、人生の宝物や。

南里くんと並んで、もう一人、忘れられない友だちが橋口くん。

橋口くんは、クリーニング屋の息子。

俺が野球部のキャプテンになったときに、「城南の野球部のキャプテンなんやから、ピシッとせんとあかん！　俺にまかせとき」と言うてきた。

どうやら、橋口くんが俺の制服を洗ってくれるらしい。

それから毎週、土曜日の夜に、俺の制服を家に持って帰るようになった。

しかし、洗うって、いったいどうするんや？

よく聞いてみたら、橋口くんは、お客さんからクリーニングに出された洗濯物の山の中に、こっそり俺の制服を紛れ込ませていたらしい（笑）。

大きな業務用の洗濯機で一緒にガーッと洗うから、バレへんかったんやろね。

それから橋口くんの知恵と工夫のかげで、日曜の夜には、パリッとした制服が仕上がってくるようになった。

制服なんてしょっちゅう洗濯するもんやないし、ましてや男子中学生の制服なんて、汗と泥で汚れまくってたもんよ。

膝(ひざ)や肘(ひじ)なんて、擦り切れてピカピカしてたヤツも多かった。

ところが俺は、いつもクリーニング仕立てのぴかぴかの制服。

アイロンもピシッとカッコよかったよ。

当時、県内の女子中学生の間には、俺のブロマイドが出回っていたらしい。

野球の名門、城南中学校の野球部のキャプテンは、それだけ人気あったんよ。

俺も、当時は痩(や)せてて、シュッとしてたしね（笑）。

でも、いくらキャプテンでも、ヨレヨレの汚い制服を着てたんでは、女の子も見向きもせんかったやろ。

俺の当時の人気は、これは橋口くんのおかげによるところも大きいと思う。

みんなみんな、やさしかった

やっぱり人に親切にしてもらったことは、ずっと忘れられんもんやね。

俺もいろんな人に親切にしてもろたけど、ばあちゃんもそうやった。

忘れられんのが豆腐屋のおっちゃん。

今は豆腐いうたら、プラスチック容器に入ってスーパーに並んでいるのが一般的やけど、当時は夕方になると、豆腐屋さんが自転車に乗ってラッパを鳴らして売りに来たもんやった。

「パープー、パープー」

のんびりとしたラッパの音が懐かしい。

自転車の荷台には、水を張った大きな箱がくりつけられていて、そこに豆腐がぷかぷかと浮いていた。

けど、自転車で運ぶもんやから、たまに豆腐の角が崩れて、売りもんにならんのも出てくる。

当時、豆腐は一丁が十円。けど、崩れた豆腐は半額の五円やった。

ばあちゃんはもちろん、この五円の豆腐しか買わない（笑）。

ある日、ばあちゃんに頼まれて、五円玉を握りしめて、豆腐を買いにいった。

顔なじみの豆腐屋のおっちゃんは、ちょうど俺の前に来たお客さんからお金を受け取っているところやった。

「はい、二丁で二十円ね」

「毎度ありがとうございます」

そんな会話を聞くとはなしに聞きながら、ふと荷台の箱の中をのぞいてみた。

そしたら、全部きちんときれいな四角い形をしている豆腐ばっかりや。

「うわっ！　どうしよう。崩れた豆腐がない。五円しか持ってない」

これでは豆腐は買えん。

俺は、仕方ないので、家に戻ろうとした。

「ええ、ええ。あるよ、崩れたの！」

おっちゃんは、崩れた豆腐があると言う。

「え？　でも……」と俺が振り返ったのと、おっちゃんが箱の中の豆腐を自分の手で握りつぶしたのは、ほとんど同時だった。

「ボク、崩れたんあるから、大丈夫や。な、はい、五円」

おっちゃんは、目で合図してうなずきながらそう言った。

おっちゃんの目配せで、俺はおっちゃんが崩れた豆腐がないときは、いつもそうしてくれていたんやと気がついた。

甘えてええもんかどうかちょっと迷ったけど、ニッコリとうなずいてくれるおっちゃんの親切を俺は黙って受け取ることにした。

「ばあちゃん、豆腐買ってきたよ」

俺は、おっちゃんが握りつぶしたことは、そのときは黙っていた。

あるとき、この話をばあちゃんにしたことがある。

「豆腐屋のおっちゃんな、崩れたのんがないとき、自分でつぶしてくれたんや」

それを聞いたばあちゃんは、何も言わずに、黙って一点を見つめていた。

それからばあちゃんは、そのことを話題にすることはなかった。

ある冬の日のことやった。

ばあちゃんは、自転車のハンドルにつけるカバーを買ってきた。

水に手をつけなあかん豆腐屋さんは、冬の寒さはつらかろうと考えたんやろね。

「いつもサービスしてもろて、ありがとうございます」

豆腐屋のおっちゃんにカバーを渡したときの、おっちゃんの笑顔が忘れられん。

そういうばあちゃんやから、みんなが親切にしてくれたんやろなあ。

今でこそスーパーマーケットで何でも買い物してるけど、昔は米は米屋、魚は魚屋、野菜は八百屋に買いにいったもんや。塩もわざわざたばこ屋に買いにいったんも覚えてる。

ばあちゃんは、みそとしょうゆは、「香田商店」で買っていた。

みそは「これとこれ」と指定すると、その場で合わせみそにしてくれた。

たるから出したしょうゆを持っていった瓶に詰めてもらうんや。

あるとき、ばあちゃんに頼まれて、一升瓶を持ってしょうゆを買いにいった。

いつも買うのは一升瓶の半分。

「昭広くん、いつも偉いね。はいちょっとおまけね」と、おばさんはいつもおまけをしてくれた。

香田商店からの帰り道、ふと考えた。

「半分しか買えんって、うちは貧乏なんかな。なんで全部買えへんのやろ」

そしたら、急に恥ずかしくなって、ジャンパーの中に瓶を隠して、友だちに見つからないように、背中を丸めて歩いていた。

すると、前から近所のおばさんが歩いてきた。

「昭広くん、何を隠してんの？　そんな前かがみに歩いていたら、危ないよ」

「いや、しょうゆを買いにいったんやけど、半分しか買うてないし。貧乏と思われるのが恥ずかしい」

「そうじゃないよ。昭広くん、まだ小さいやろ。一升瓶は重たいから半分なんよ」

ああ、なるほど！　たしかに一升瓶たっぷり入ったしょうゆは大人でも重い。

俺は急に元気になって走って帰った。

「ばあちゃん、ただいま！　しょうゆ、重たいから半分だけやったんやね」

「いや、うちは貧乏ばい。半分しか買う金なかばい」

ばあちゃん正直すぎる（笑）。

困ったときはお互いさま。

みんなで助け合おうという精神が、昔の田舎には満ちていた。

今は隣に住んでいる人の顔も知らんということもあるみたいやけど、昔は近所の誰が何をしているかっていうのも、みんな知っていたもんや。

夫を早くに亡くし、清掃員をやりながら、女手一つで七人もの子どもを育て上げ、さらに還暦を超えてからも、孫の俺を預かって苦労する頑張り屋、というのが近所のばあちゃんへの評価やった。

そんなばあちゃんの頑張りを応援しようとみんなが手を差し伸べてくれていた

んやろね。

そういう周囲の人がいたからこそ、かあちゃんたちも俺もなんとか育ったんやと今にして思う。

こんなこともあった。

今は振り込みが当たり前の公共料金やけど、昔は毎月、集金に来る人がいた。

あるとき水道の集金の人がやってきた。

「徳永さん、水道代が三カ月たまってますけど」

すると、ばあちゃんはすかさず俺に、

「昭広、ここ二、三カ月、水なんか飲んだことないね」

としらばっくれたのだ。

そんなことないよなあ、と思いながらも、「うん」とうなずくしかない俺。

怒られるかと思ったけど、集金の人は、ばあちゃんのボケっぷりに大笑いして、

「そうですか、じゃあ、また来月来ます」と、あっさり帰っていった。

二、三カ月も水を飲まんで、俺は爬虫類（はちゅう）かい。

「ばあちゃん、俺はトカゲじゃなか！」と言うたら、ばあちゃんは涙を流してし

ばらく笑い続けていた。

ええボケとツッコミやったと思う（笑）。

ばあちゃんの万能薬は正露丸

今はどんな田舎でもドラッグストアがあるけど、俺の子どものころは、薬屋さんというものをほとんど見たことがなかった。

薬はだいたい半年に一回か二回、置き薬屋のおっちゃんが持ってくるのを買うもんやった。

置き薬屋のおっちゃんは、来るといつも紙風船をくれたのを覚えてる。

今でいう、ノベルティとか販促グッズやったんやろね。薬というと紙風船を思い出すなあ。

ばあちゃんは、いつも正露丸とノーシンを買っていた。

あるとき、おっちゃんが新しい正露丸を、「これはよく効くよ」と持ってきたときのことや。

「ほんとに効くんか？」とばあちゃん。

「ほんとに効くよ」

「ほんとかね？」

「ほんとや」

「なら、今、飲んでみよかね」

「ばあちゃん、おなか痛いの？」

「痛くないけど」

そら効くも効かんもわからんやろ、ばあちゃん！　と大爆笑したことがある。

頭痛だけはノーシンやったけど、ばあちゃんは、それ以外はなんでも正露丸で治していた。

おなかが痛いときはもちろん、歯痛のときは、歯に詰める。

脇腹が痛いときは、つぶしておなかに塗ったりもしてた。

風邪ひいたときも「これ、塗れ！」と正露丸（笑）。

こんなん効くんか？　と思ったけど、胸のあたりに正露丸をつぶして塗ると、スースーしてなんとなく効いたような気持ちになるから不思議なもんよ。

でも薬ではどうにもならんときもある。

自転車で転び失明の危機！

正露丸では治らんのが大きなけが。

俺は自転車で公園に遊びに行こうと急いでいた。

焦った俺は、自転車に乗ったまま、公園の柵につかまろうとしてバランスを崩してしもたんや。

「うわっ！」

転ぶときにハンドルが思いっきり左目に当たった。

むちゃくちゃ痛かったけど、そのうち痛みも治まったからそのままにしておいた。

ところが、夜になって目の奥がじんじんと痛くなってきたんや。

翌日も、その次の日も痛みは治まるどころか、どんどんひどくなっていく。

こらたまらん！ と俺は学校の帰りに、一人でばあちゃんちの裏にある杉山眼科に駆け込んだ。

学校の帰りやから、お金は持ってへんかったけど、あとで払いにいったらなんとかなるやろと。

とにかく我慢できんほど目が痛かった。

杉山先生は、俺の目を診察すると、途端に険しい顔になった。

「いつ打った?」

「三日ほど前です」

「なんで、すぐ来んかった?」

「大丈夫かな、と思って」

「あと三日ほど遅かったら、失明しとったよ」

「え!」

目が見えんようになるなんて……。俺は急に怖くなった。

「目は怖いから、何かあったらこれからは絶対にすぐ来るように」

「はい」と神妙に答えて、痛み止めの薬ももらって、受付の看護師さんに言った。

「すみません。学校の帰りなんで、お金持ってないんです。あとで持ってきます」

看護師さんは困った顔で俺を見て、「ちょっと待っててください」と奥に引っ込んでしまった。

困ったなあ。怒られるのかなあ。でも、もう診察してもろたし。どうしよう。

そんなことを考えながらしばらく待っていたら、さっき治療してくれた杉山先生が奥から出てきた。

「すみません。あの、すぐ、家に帰って、お金もらってきますから……」

しどろもどろになりながら答えると先生は、にっこり笑ってこう言った。

「お金、いらん、いらん」

「え？」

「あんた、徳永さんとこの子やろ？」

「はい」

「ばあさんにはいつも世話になっとるから」

「あ、はい」

「おかあさんも、ばあさんも一生懸命働いてるけんな。よかよか」

「でも……」

「あとで、あんたとこのばあさんにもろとくけん、よかよ」

本当にええんやろかと思ったけど、あとでばあちゃんに請求するという言葉を聞いて、ちょっと安心した。左目がズキズキと痛むから、そのまま家に帰ったんや。

心配そうに待ってたばあちゃんに、もうちょっと行くのが遅かったら失明してたかもしれんけど、もう大丈夫やということと、先生が治療代を受け取らんかったことを話した。

それを聞いたばあちゃんは、「あの先生は、何を言うとると！　ちゃんと払わんと」と、怒り出した。

「いや、先生はあとでばあちゃんにもらうというてたけん」

と俺が言うやいなや財布をつかんで家を飛び出していってしもたんや。

ばあちゃんは、しばらくしたら戻ってきた。

先生は、俺にはああは言うたものの、結局、治療代は受け取らなかったらしい。

「え？　なんで？」

と思ったけど、なんかそれを口に出すのは、ばあちゃんに悪いような気がして、先生の厚意を受け取った。

少しのお金と、多くの友だちさえあれば……

また、こんなこともあった。

野球の練習中にベースを踏み違えてねんざをしてしもたんや。脚はみるみる腫れてくる。幸い佐賀でも有数の整形外科として知られる百武整形外科病院が近くにあるから、そこに痛い脚をひきずりながら行った。百武先生は、俺の脚を見て、「ねんざやなあ。冷やすより温めたほうがええよ」と言いながら治療してくれた。

ここでもお金を払おうとすると、

「ボク、徳永さんとこのお孫さんやろ？」

「はい、そうです」

「お金はええよ」

「え？　そんな」

「保険があるし、大丈夫や」

と、先生はお金を受け取ってくれん。

当時、保険のこととかようわからんかったし、そんなもんなんかなあと思ってたんやけど、そんなわけないわな（笑）。

それから何十年後。偶然、すし屋で百武先生の息子さんに会ったんや。

今は息子さんが理事長で、なんと俺のねんざを診てくれた百武先生も、医師は引退したものの百一歳でお元気やということもわかった。

それからしばらくして、腰が痛いときに百武整形行ったんよ。

治療が終わってお金を払おうとしたら、二代目先生は、笑顔で言うた。

「お金はええよ」

もちろん払ったけど、大笑いしたよ。

豆腐やら病院やら、こんな話をしていると、ばあちゃんが人の世話になってばかりいたみたいに思われるけど、実はばあちゃんも相当なお人よしやった。

困っている人をみるとほっておけんのがうちのばあちゃん。

ばあちゃんのいとこに三郎さんという人がいた。

三郎さんは、洋服の仕立ての仕事をしてたんやけど、その賃金は縫い上がったときではなくて、月末にしか入ってこないらしかった。

「ごめんください」

三郎さんはいつも大きな風呂敷包みを手にやってきた。

そして、その大きな風呂敷を見せながら、

「今日、縫い上がったんや。月末には一万円もらえると。月末には返すけん、五千円ば貸してください」

申し訳なさそうに、いつもばあちゃんに頭を下げていた。

初めて聞いたときは、俺は自分の耳を疑った。

どっから見ても貧乏なこの家に、金を借りにくる人がいるやなんて！

これは、むちゃくちゃ心臓が強いか、よっぽど困っているかのどっちかやろう。

どうやら三郎さんは、後者だったみたいで、ばあちゃんは頼みを一度も断ったことがなかった。

仏壇からさっと五千円を出すと、笑顔で三郎さんに差し出してた。

「いつでも、よか」

そんなことはないやろ！　と心の中で突っ込んでいたけど、ばあちゃんはいつも言うてた。

少しのお金と
たくさんの友だちがいたら、
人生、勝ちや。

その言葉通りの生きざまやったよ。

田中先生とプロ野球選手に教わったこと

野球部だけやなくて、どんな部活でもそうやと思うけど、キャプテンは、チームをまとめるのが大事な役目。

部員一人一人の性格や技量を見極めて、アドバイスしたり、練習のメニューを組み立てる。

また、先生と部員をつなぐ中間管理職的な役割もある。

試合や練習中に自分から声出してチームを盛り上げるのも大事な仕事や。

キャプテンの姿勢がチームの覇気にも影響するから、誰よりも真面目に野球に取り組まんとあかん。

授業ではろくにノートもとらん俺やったけど、野球部のことに関しては、きちんとノートにメモしてたなあ。

野球だけは、ほんまに真剣に取り組んでたよ。

もちろんキャプテンという立場もあったけど、やっぱり大きかったんは、顧問の田中先生の存在や。

俺の基本のポジションはサードやったけど、セカンドを守ることになったとき、ベース近くにきたボールをキャッチして、そのままベースカバーに入ったショートにトスしたことがある。

初めてやったけど、プロ野球選手がよくやってたし、何より右手にボールを持ち替えて投げるより、トスしたほうが速いと判断したからや。

けど、中学野球の基本からしたら、横着にも見えたんかなあ。

「スタンドプレーはあかんぞ！」と言う先輩もいた。

けど田中先生は違った。

「アウト取ったらなんでもええ。ボールを止めただけでどうする。アウトを取ることが大事なんや」と言うてくれた。

そして俺のほうを見てこう言った。

「お前、どこで覚えたんや？」

「いや、テレビとかでプロの選手がやっているから」

「ええっ！　テレビでか！　それでできるんやからたいしたもんや」

先生にもそう言うて褒めてもろた。

田中先生は、もともとバスケットボールが専門で、野球の指導は本を読んで覚えたと言うてた。

だから基本に忠実で無駄がない。

練習は長くやればええというもんやないと、常に効率を考えて、試験の前には練習を休みにした。

また既成概念がない分、考え方が柔軟で昔ながらのあしき伝統みたいなやり方は徹底的に排除した。

「上級生は下級生を殴ったりしごいたりする暇があったら、一つでも野球を教えろ！」ともよう言うてた。

どうしたら勝てるのか、強くなれるのか。そして、そのためには、何をするのが近道なのかを常に考えていた先生やった。

田中先生はその後、校長先生、教育委員会の委員も務めて、九十一歳の今でもお元気なのがうれしいね。

漫才ブームが終わったころかな。佐賀に帰ったとき、佐賀に住んでる元野球部のメンバーと、当時の田中先生の教え子の中学生と野球の試合をしたことがある。

皆、昔のポジションについて頑張ったんやけど、なんと七対二で負けた（笑）。

やっぱり、中学生とはいえ、毎日野球やってる相手には勝てん！

でも、世代は違うけど、自分の教え子たちが野球する姿を見て、ニコニコしてた先生の笑顔が一番うれしかったよ。

イメージを持つことが大切

俺が野球がうまくなったのは、足が速かったんもそうやけど、いつもイメージを大事にしていたこともある。

スタンドプレーと言われたトスもそう。

テレビや球場でプロの選手がやっているプレーを覚えて、頭の中で自分がするようにイメージするんよ。

これを教えてくれたんは、広島カープの選手。

かあちゃんが働いていた広島の蘇州飯店には、広島カープの選手もよく食事に来ていた。

俺が野球をやっているというと、選手の人たちが、

「ボク、守ってるときの構えしてみ。あかんあかん、構えるときは、絶対にかかと上げておきや。そのほうが最初の一歩が速いし、足が速く見える。相手に速そうや、と思わすのも大事や」

と、いろんなことを教えてくれたもんやった。

誰やったか、名前は思い出せんのやけど、ベンチでのイメージトレーニングを教えてくれた人がいる。

よく、ネクストバッターズサークルで、ピッチャーの投げるタイミングに合わせて踏み込んだり、素振りしている選手がいるけど、あれをベンチでやれと言われた。

「タイミング合わせていると、ピッチャーのスピードとくせがわかる。ベンチでは、ただ、ワーワー言うて声出してるだけではあかんで」と。

それから、先輩が打っているときは、自分が打席に入ったつもりで、打者と同じ動きをしたり、イメージをした。

そうすると、自分が打席に立ったとき、不思議とタイミングが合うんよ。

ホームラン打ったイメージすると、ほんまに打てたりするもんや。

「俺は、できる！　天才や！」

思い込むことは大事やで！

憎めぬダブルスタンダード

大好きな田中先生のほかにも、思い出すのは、釣り好きで〝牛ちゃん〟と呼ばれていた理科の岡本先生だ。

当時の城南中学校では、遠距離で通う生徒だけにしか、自転車通学は認められていなかった。

ばあちゃんちは、中学校から歩いて五分やから、当然俺は徒歩通学。

でも、部活の帰りに寄り道するときとか、たいていみんな二人乗りをする。

そら、練習で疲れた体には、そのほうが楽ちんやもん。

「こら！　二人乗りは禁止やぞ！」

岡本先生は普段はやさしいけど、規則を破る生徒には厳しい先生で、いつも二人乗りの生徒をみつけては叱っていた。

もちろん、俺もよく怒られた。

あるとき、岡本先生が俺に言うた。

「おい、徳永。お前、明日五時半くらいに起きんか?」

「え?」

なんのことかと思ったら、一緒に釣りに行こうという誘いだった。

家が近かったということもあるけど、なんで俺を誘ったのかいまだにわからん(笑)。

とにかく、岡本先生はよく俺を釣りに誘った。なんで一人で行かんのかなと思ったんやけど、先生は長い竹竿(たけざお)をいつも十本くらい持っていくんよ。

今のカーボンの竿みたいに縮まんから、相当な荷物や。

そこで、俺が竹竿を抱えて、先生の自転車の荷台に乗るというわけよ。

堀で一時間半ほど、釣りを楽しんだら、またしても、釣果と竹竿を俺に抱えさせて帰るんや。

俺の心の中に疑問符が浮かんできた。

そこで、先生に聞いてみた。

「先生、これって二人乗りちゃうん？」

先生は臆することなく答えた。

「朝は、よか。誰もみとらん」

飄々とした先生の表情に、「そんなもんかなあ」となんとなく納得した。

たしかに、一人で十本もの竹竿を持っていけないから、岡本先生の釣りには、必ず相棒が必要となることは理解した。

それから、卒業まで、何度も先生と早朝釣りを楽しんだもんや。

なんせ、いつも朝の五時半から釣っていたから、一時間ほど釣って帰っても、まだ十分学校に間に合うくらいの早朝やった。

釣ったフナは、ばあちゃんが昆布巻きにして煮付けてくれたなあ。

ところが、ある日、俺が野球部のピッチャーの水田くんの自転車の荷台に乗って学校を出ようとしたときのことや。

「こらー、徳永！」

後ろから岡本先生がものすごい剣幕で怒鳴ってきた。

「自転車の二人乗りは禁止やぞ！」

「え？　なんで？」

俺は振り返って、当然の疑問を口にした。

「でも、先生、釣りのときは二人乗りしてましたよね」

「何を言うとるか！　釣りのときは、よか」

ギャグみたいな話やけど、先生は真面目に答えた。田中先生とはタイプは違うけど、なんとなく憎めないええ先生やったよ。

当時は生徒のことを親身になって考えてくれる情の深い先生が多かった。

でも、なかには戦争から帰ってきて、やることないから教師になったような、あんまりやる気のない先生もいて、今より個性が強かった。

そう、忘れられんほど悔しい思いをした先生もいた。


悔し涙も流したけど……


あのころの先生はほんと、玉石混淆（ぎょくせきこんこう）。

本を読んで、そのまんま教えるだけの先生や、外国人を一度も見たことのない英語の先生もいたよ（笑）。

あるとき野球部の部室の横の排水口に、スリッパが落ちていた。

泥だらけやったけど、水で洗ってみたらきれいになったから、そのまま履いていたんよ。

ある日、俺は職員室に呼び出された。

どうやらスリッパは、いたずらで排水口に捨てられていたらしい。

よーく目を凝らしてみたら、消えかけていたけど、うっすらと名前らしき文字が書いてあるようにも見える。

「盗まれた！」

スリッパの持ち主にしたら、俺が盗んだんやと思ったんやろな。

「お前、スリッパ盗んだやろ」

生徒指導の英語のF先生は俺が犯人だと決めつけた。

「盗んでません。落ちていたのを拾っただけです」

「うそをつけ！」

もう盗んだと決めつけて、まったく俺の話を聞いてもくれない。

何を言うても「うそだ」「言い訳だ」と決めつける。

あのころは、金持ちやほんまもんの不良には、何も言わんくせに、貧乏の家の子には、きつく当たったり、いじめたりする先生も少なからずいたんよ。

体罰も当たり前にあった。

俺は無実やのに、先生からみみず腫れで、寝返りが打てんくらい竹刀で殴られたこともあるよ。

たばこのハイライトが発売されたころのことやった。

それまでの紙巻きたばこといえば両切りのフィルターなしが一般的やったから、フィルターがついてるたばこなんて画期的やったんよ。

野球部の練習が終わって、みんなで部室でしゃべってたら、部室の裏にハイライトの吸い殻が落ちていた。

「あ、これが新しいたばこかー」

「なんかスポンジみたいなんついてるで」

「へー、これ空気通るん？」

なんていう会話しながら、フィルターのところに息を吹きかけてみた。

それをテニス部の女子が見たんやな。

俺らがたばこ吸うてると、補導の先生に言いつけた。

俺らは補導の担当のI先生に呼び出された。

この先生はヘアスタイルがベートーベンに似てたので、あだ名はそのまんまベートーベン。

ベートーベンは言った。

「おまえら、吸うたやろ！」

俺は事実吸っていないから、何度も「吸うてません」と訴えたけど、ベートーベンは聞き入れてくれん。

ほんまに吸うてない、吹いただけや。

そんなことには耳を貸さず、ベートーベンは、俺の背中を竹刀で何度も何度も殴りつけた。

背中はみみず腫れになった。

痛くて痛くて寝返りも打てんかった。

悔しくて、その思いをかあちゃんへの手紙に書いたら、かあちゃんはびっくりして広島からやってきた。

今のモンスターペアレントみたいに先生に抗議なんかはせんよ。

俺の背中をさすりながら言った。

「貧乏人はつらかねぇ」

今では信じられんかもしれんけど、あの当時は、金持ちの子どもと貧乏の家の子どもでは、明らかに待遇の差をつける先生がいたんよ。

今みたいに、学校に親がクレームをつけることもなかった。

貧乏の家の子どもは、理不尽な思いをすることも多かった。

でも、俺も一方的にやられっぱなしやったわけでもない（笑）。

卒業式のときに、野球部の連中と、生徒指導のF先生の自転車のねじを外してばらばらにしたんや。

そしてハンドルだけ残して、ばらばらの部品を小屋の上に隠した。

卒業式の最後は、先生たちが並んで、卒業生の前を歩くんやけど、そのときに野球部の五、六人で、F先生を抱えて堀に放り込んだ。

堀いうても、膝くらいまでしか水がない浅い堀よ。

「何すんねん！　あ、お前らやろ、俺の自転車をばらばらにしたんは！」と叫んでたなあ。

ベートーベンのほうは、二十歳くらいのころかな。

友だちと中学時代の思い出話をしてて、「中学校に行ってみよか？」ということになって、車で中学校まで乗りつけた。

「ベートーベンおるか？　面会や、徳永や～」てな感じでな。

そしたらベートーベンは、たまたまグラウンドにいた！

「お前ら、何やねん」と相変わらず威圧的な態度。

そこで、車で追い掛けて「俺ら吸うてへんでー！」と言うて、そのままUターンして帰った。

それだけのことやけど、ちょこっとだけ気持ちが晴れたかな。

人間は総合力

中学生になっても、相変わらず勉強のほうがいまいちやった。

理数系はまだなんとかなっても、国語と英語はさっぱりダメ。

中学に入って何が嫌かというと、中間とか期末とかテスト期間があること。勉強も嫌やったけど、何より大好きな部活動が休みになるのが嫌やった。

そんな俺でも、さすがにテスト期間中は、遅くまで勉強することもあった。

そしたら、ばあちゃん、

「あんまり勉強ばっかりしてたら、くせになる！」

と電気を消してしまうのだ（笑）。

ばあちゃんはいつも言ってた。


通知表は、0じゃなければええ。

1とか2を足していけば5になる。

人生は総合力だから。


そんなふうにいつも笑ってた。

ばあちゃんの周囲には、いつも笑いがあった。

とにかく、ばあちゃんは面白い。

当意即妙なツッコミやギャグは、天下一品。間も天才的や。本人がそれをギャグやと意識してないから、さらに面白いねん。

笑いは心も体も元気にしてくれる。

うどんの女神の顚末

中学のほろ苦い思い出の話。

部活の帰りに、しょっちゅう集まっていたのが「中野食堂」。

ここはかき氷とうどんの店で、付近の学校の生徒たちのたまり場になっていた。

俺はこのころになると、ちょこっと小金持ちになっていた。

かあちゃんも蘇州飯店の仲居頭になって、仕送りが増えたこともあったけど、広島に行くと、よく、お客さんからチップがもらえたんや。

時代は高度成長真っただ中。蘇州飯店は、宴会でいつも大盛況。

かあちゃんと舞台で一緒に踊ったり、お客さんにあいさつすると、みんな気前よくチップをくれた。

夏休みだけで、けっこうな金額になったもんやった。

俺もキャプテンやったから、後輩にかき氷やうどんをおごることも多かった。

その当時しか知らん友だちは、『佐賀のがばいばあちゃん』の本を読んで、「徳永くん、貧乏やったん？　よくおごってくれたし、てっきり金持ちやと思ってたよ」と言うやつも少なくない。

中野食堂でも、「今日は俺のおごりや」と、みんなに振る舞うことも多かった。

あれは中学二年の秋。

みんながうどんを食べているときに、俺は、たまたまかき氷を食べていた。

すると、きれいな女性がうどんを手に声を掛けてきた。

「あのう、これ間違えて注文してしまったんですけど、食べてもらえませんか？」

「え？　いいんですか？　ありがとうございます」

部活で腹ペコだった俺は、喜んでうどんをごちそうになった。

ところが、うれしい偶然は、これだけではなかったんや。

美少女が俺にうどんをおごってくれて、しばらくしたある日。

またしても、中野食堂でうどんの女神に遭遇した。

どうやら、彼女は近くにある私立高校のバスケットボール部員のようだった。

そのときも俺はかき氷を食べていた。

「あの、これ頼んだんだけど、ほかのものでおなかがいっぱいになってしまったんで、食べてくれませんか？」

と、またしても、うどんを俺に差し出したんや。

「え？　ありがとうございます」

「どうぞ、どうぞ」

にっこりほほ笑む彼女からうどんを受け取って、ありがたくごちそうになった。

ところが、その次もその次も、会うたびに俺に何かをおごってくれるようになったんや。

それも最初のときのように「間違えて頼んじゃって」とか、「おなかが痛くなってしまって」とか、押し付けがましくない理由をつけては「食べてください」とうどんを差し出すんよ。

さすがにちょっと偶然が重なりすぎる。

そのうち、野球部員の間で、彼女が俺に気があるんじゃないかといううわさまで広がるようになったんや。

野球一筋だった俺もそんなふうに言われて悪い気はしなかった。けど、年上だし、きれいな人やし、まさか俺に気があるとまで、思い上がることはなかった。

それでも、何か彼女にお礼をせんとあかんと考えた俺は、あれこれ思案した。

とはいえ、俺も金にそれほど余裕があるわけでもない。

考えているうちに季節は冬になった。

そんなある日のこと、俺に名案が浮かんだんや！

ばあちゃんちが位置するのは城内の文教地区。

佐賀大学、その附属小中高、佐賀商業、佐賀龍谷高校、俺の通ってた赤松小学校に城南中学がすぐ近く。

県庁も近くて、ばあちゃんちの周りは、大きなお屋敷や医者、銀行の支店長宅など、お金持ちがたくさん住んでいたんや。

なぜか、うちだけ貧乏（笑）。

うちの五軒隣も二百坪くらいの大きなお屋敷で、そこの広い庭には、ミカンの木がいっぱい植えられていた。

時は冬。塀の外からでもわかるほど、たわわに実ったミカンがいっぱい。

「これや！」

俺は仲のいい野球部の同級生二人を誘って、夜にミカン狩りをすることにした。

あのころは、商売用に栽培しているところのはあかんけど、野良で実ってる果物は自由にとって食べていた。

民家に実ってる果物も、どうぞご自由に、てな感じで子どもが食べる分には、見逃してくれるようなおおらかな時代。

そんな時代背景もあって、俺たちは、夜にこっそりとお屋敷の塀によじのぼってミカンを頂戴（ちょうだい）した。

持って帰って一つむいて食べてみると、甘酸っぱくてむちゃおいしい。

「これなら、きっと喜んでくれるやろ」

俺は、次の日の夕方が待ち遠しくて仕方なかった。

いつになく長く感じた練習を終えて、ミカンの入ったでっかい袋を抱えて、中野食堂に駆け付けた。

ところがその日に限って、彼女たちはいなかった。

がっかりしたけど、仕方ないので牛乳をちびりちびりと飲みながら時間を過ごしていたら、がらりと食堂の扉が開いた。

彼女が来た！

私立高校の女子バスケットボール部のグループがにぎやかに入ってきたんや。

俺はとたんに緊張した。

昨日、一緒にミカン狩りに行った悪友が、にやにやしながら見ている。

後輩が何気なく、「あれ、先輩、そのでっかい袋、何ですか？」と聞いてきたときは、「うるさい！　何でもない！」と照れもあってつい怒鳴り返してしまったもんや。

野球部員に冷やかされながら、俺は意を決した。

ミカンの入った袋を下げて、彼女のところに歩み寄った。

「あの、これ。いつもごちそうになって……。つまらんもんですが、食べてください」

しどろもどろになって袋を差し出した。

「これ、何？」

「あ、うちの庭でなったミカンです」

「わあ、ありがとう。私、ミカン大好き」

「本当ですか！　また持ってきます！」

彼女が喜んでくれた！
俺はむちゃくちゃうれしかった。
その夜も俺は同級生二人を誘って、お屋敷の塀をよじのぼった。
「もし彼女とうまくいったら、俺たちは一生の恩人やぞ。死んでも忘れるなよ」
と言われながら。
翌日、またしても収穫したミカンを持って、中野食堂へ。
「こんなにもらってよかと？　うれしか」
彼女はうれしそうにほほ笑んでくれた。
調子に乗った俺は、その日もミカン狩りに（笑）。
そんなことを何回か繰り返したある日の夕暮れの時のことやった。
俺は衝撃の事実を知ってしもたんや。
いつもミカン狩りをするお屋敷の前を通り掛かった。
すると塀の向こうで、バドミントンの羽根が行ったり来たりしているのが見えた。
当時、バドミントンがはやりだして、女の子がよく遊んでいたんや。

「ここにも子どもがいるんかなあ」

そんなことを考えながら塀に近づいてみると、塀の中から聞き覚えのある笑い声が聞こえてきた。

「え？　この声。ま、まさか！」

俺はジャンプして、塀越しに中をのぞいてみて、腰を抜かしそうになった。

なんと、塀の中でバドミントンをしてたのは、うどんの女神やったんや。

俺は膝から崩れ落ちた。

つまり、俺は彼女の家からミカンを盗んでは、せっせと彼女に運んでいたんや。

「もしかして知っていたんやろか？」

ミカンに名前は書いてないから、知らんかったかもしれんけど、それにしたって、もう恥ずかしくて合わせる顔がない。

顔から火が出る恥ずかしさとは、まさにこのことや。

それからは、恥ずかしくて中野食堂にもあんまり行かんようになった。

それから何十年かのち。漫才師になってから、テレビ番組で彼女に会いに行こう、という企画が持ち上がった。

俺は稲川淳二と二人で、彼女の家に行ったんやけど、彼女は嫁に行ってて、もう家にはおらんかった。

俺はお母さんに、「こちらのミカンとってました。すみません！」と謝ったよ。

するとお母さんは笑顔で言った。

「知ってましたよ。徳永さんとこのお孫さんやね。主人も〝うちで食べ切れんから、近所の子どもらが取って食べたらええ〟といつも言うてましたから」

俺はやっと長年の心のつかえが取れた。

黒板に相合い傘を彫る

中学時代は野球に明け暮れて、俺自身にはロマンスのかけらもなかったなあ。けど、恋愛ごとに敏感になる年ごろ。

ある日、野球部の練習が終わって、ボール拾いしていた俺は、真っ暗な教室に人影があるのに気がついた。

「こんな時間に誰がおるんかな？」

何気なく窓からのぞいてみると、電気もつけない暗い教室の中にいたのは、理科の男の先生と美人教師と呼ばれていた音楽の先生だった。

　何やら親しげに話し込んでいる。

　当時、生徒たちの間では、「あの二人はあやしい」といううわさが流れていた。

「やった！　スクープや！」

　まさにパパラッチの気分やったよ（笑）。証拠をつかんだらこっちのもんや！

　俺は翌日、理科の授業が始まる前に、黒板にチョークで相合い傘を描くと、そこに二人の先生の名前を書き込んだ。赤いチョークでハートマークもいっぱい書いた。

　始業のベルが鳴って、理科の先生が教室に入ってきた。

　クラス全員のにやにやした目。俺はちょっとどきどきしてた。

　普通ならおそらくここで、「誰が書いたと！」と、叱られるもんや。

　当然、雷が落ちるのを覚悟していた。

　ところが、や。

「ハハハハッ」とつくったような声と、乾いたつくり笑いを浮かべた理科の先生。

「なにを、アホなこと書いとうや」

と、言いながら顔は極めて冷静を保ちつつ、必死で相合い傘を消した。

手が壊れたワイパーみたいに、むちゃくちゃ速いねん。

「さあ、授業を始めるぞ」

何ごともなかったかのように授業を始めようとした先生やったけど、俺は確信した！

先生は、明らかに動揺していた。

額に汗がびっしょりやったもん。

もう、その様子がおかしくて、おかしくて仕方なかったよ。

「後ろめたいことがあるから怒らんのや！」

もうこれは、事実に違いない！

俺は心の中でガッツポーズしたよ。

それから、調子に乗った俺は、何度も何度もいたずら書きを繰り返した。

黒板いっぱいの大きな相合い傘にしてみたり、ハートを増量サービスしてみたり、「ＬＯＶＥ」と書いてみたり。

英語が苦手な俺やけど
けど、理科の先生は怒ったりせんのよ。「また、しょうもないことを」とか言うて、つくり笑いでそれを消していた。
そんなことにもちょっと飽きてきたころ、俺はもっといいことを思いついた。
いや、正確には悪いことなんやけど（笑）。
あれは、次の日の一時限目が理科という水曜日の放課後のことやった。
野球部の練習中に、部員たちにはフリーバッティングか何かをやらせておいて、
俺は、そっと教室に忍び込んだ。そして、黒板に彫刻刀で相合い傘を彫ったんや。
黒板を彫ると、表面の緑の部分が取れて、中から白い部分が出てくるんよ。そ
やから、うまいことチョークの幅に併せて文字を彫ると、まるでチョークで書い
たみたいになった。
われながら、なかなか上手に彫れた。
「これやったら絶対に消されへんぞ！」
自分の仕事に満足した俺は、教室で腕を組んで仁王立ちになったもんや。
翌朝の理科の授業。
理科の先生が教室に入ってきた。俺の力作を見て、「やれやれ、またか」とい
った顔で、黒板消しを手にした。

いつものようにつくり笑いで、俺のいたずら書きを消そうと、黒板消しでゴシゴシこする先生。

ところが、相合い傘は消えない。

そらそうや、彫ってるんやもん（笑）。

全然消えないもんやから、だんだんと慌てて、手がますます高速で動く。

先生が慌てれば慌てるほど、教室中のクスクス笑いもどんどん大きくなっていく。

俺はおかしくておかしくて、息ができんほど笑った。

「誰や！」

とうとうでっかい雷が落ちた。

「こげんことして、ただで済むと思うなよ！」と、顔を真っ赤にして大声で怒鳴る理科の先生。

「俺です。すみませんでした」

俺は素直に立ち上がって謝った。

バシッ！

いきなり、頬を思いっ切り平手打ちにされた。

「徳永、やっぱりお前か。こげんな子どもっぽいことして、お前、恥ずかしくなかと？　これは高いもんやけん、弁償してもらうからな！」

俺は平手打ちの痛さよりも、「弁償」という言葉に大きな衝撃を受けた。

たしかにちょっと調子に乗り過ぎたな。

彫刻刀で彫った相合い傘は、見事に大きく、さすがにこれでは使いもんにならん。

家に帰って、ばあちゃんに恐る恐る事の顚末を告げた。

「ごめんなさい」

「何、考えとると、この子は！」

「本当に、ごめん」

俺も、このころには、やったことを後悔して、心の底から反省していた。

しばらく黙っていたばあちゃん。

やがて口を開くと、びっくりすることを言い出したんや！

相合い傘黒板の掲示板活用

「やってしもたことはしょうがない。わかった！　弁償せろ。ばってん、お前が傷つけた黒板は持って帰ってきんしゃい」

「え？」

「うちが新しいのを買う。古いやつはもらってきんしゃい」

「え、でも……」

「もらってきんしゃい！」

ばあちゃんは、言い出したら聞かない。

黒板はたしか三千円くらいやったかな？

とにかく、ばあちゃんに金をもらって、新しい黒板を注文した。

黒板が学校に届く日、俺は後輩たちを集めて、みんなで古い黒板を家まで担いで帰った。

けっこう大きいから、十四、五人でハーハー言いながら運んだよ。

「はい。ごくろうさん。そこんとこに立てかけて。いや、いや、そうじゃなか。こっちに置いてくんしゃい」

ばあちゃんは、肩で息する後輩たちに、テキパキと指示を出して、黒板を隣の家との間の塀にするべく設置させた。

「昭広、お前は学校から使わんようになったチョークをもらってきんしゃい」

俺は言われた通りに、次の日、学校からちびたチョークを持って帰った。

すると、そのチョークで黒板を伝言板として活用し始めたんや。

——昭広へ。〇時に帰ります。ばあちゃん。

——昭広へ。しょうゆ五合買ってきてください。ばあちゃん。

といったように、俺へのメッセージが記されるようになった。

黒板の緑の部分が外に向いているから、外から丸見え。

もちろん、大きな相合い傘も丸見え。

ばあちゃんちの前の道は通学路で、いろんな学校の生徒が毎日大勢通る。

相合い傘は盛大に広まった（笑）。

ある日、学校から帰ってくると、

——昭広へ。鍵は玄関の植木鉢の中です。ばあちゃん。

とでかでかと書いてあるんや。

いくら盗んでいくようなもんもない貧乏な家やというても、鍵の在りかを堂々と世間にアピールするのは物騒すぎると思った俺は、ばあちゃんに注意した。

「ばあちゃん、鍵の在りかなんか書いたら危なかよ。泥棒に入ってくださいと言うてるようなもんや」

「何を言うてるか。泥棒も〝こんな親切な人のところに入ってもええんやろか〟〝いや、これは何かわながあるに違いない〟とあれこれ悩むばい？　悩んでるうちに泥棒するのをやめるかもしれん。ばあちゃんは、泥棒にも改心するすきを与えてるの」

「うーん、そんなもんかなあ」

「それに、もし泥棒に入られても、何もとられる物もなか」

「まあ、それはそうやけど」

「あんまり何もないから、何かええもんでも、置いていってくれるかもわからんばい」

そう言ってガハハと笑うばあちゃんは、やっぱりすごい。

ばあちゃんは、よく言っていた。

人はなんでも慣れるもの。
貧乏になったって、三日たったら慣れる。
金持ちも三日たったら慣れる。
どちらも一緒。
金持ちも貧乏人も、何も違いはせん。
そう考えたら、貧乏とか金持ちとか分けて考えるのもあほらしい。
うちは由緒正しい貧乏や！

特急券と二千円が盗まれた！
中学時代の野球の最後の試合となるのが、夏の県大会。
あの大会には、忘れられん思い出がいくつもある。
まず、特急券事件。
夏休みを広島のかあちゃんのもとで過ごすことを、何よりの楽しみにしていた俺。
県大会の日も、試合が終わったらそのまま広島に行くつもりだった。

「徳永、今年も広島に行くんか？」

「はい、このまま行こうと思っています」

「そうか。ええなあ」

と先輩もうらやましそうに言う。

当時の佐賀の少年にとっては、広島は憧れの大都会やったんよ。

今は福岡のほうが都会やけど、戦争から復興して、新しい建物が立ち並ぶ広島は、大阪以西の中心的な存在やった。

そやから、このころになると、かあちゃんと離れてかわいそうという同情よりも、夏休みをずっと広島で過ごす俺は、友だちからうらやましがられる対象になってた。

今でも覚えてる。

他校での試合が終わって、みんなが興奮冷めやらず、ワイワイやっている輪を抜けて、早く広島に行きたい俺は、一足先に学校の部室に戻った。

そして、着替えようとロッカーを開けた。俺は心臓が止まるかと思ったよ。

広島行きの特急券と現金二千円がなくなっていたんや！

俺は真っ青になった。

体がぶるぶると小刻みに震えたのを覚えてる。

俺は部室を飛び出した。

ちょうど、学校に戻ってきた顧問の田中先生が部室のほうに向かって歩いてくるのが見えた。

俺は一目散に駆け寄って叫んだ。

「先生！　俺の特急券と二千円がない！」

興奮している俺に田中先生は言った。

「ついてこい」

先生は俺を職員室まで連れていった。

そして、自分の財布から五千円札を差し出した。

「これ使え」

「え？」

「ええから。これですぐ、かあちゃんとこ行け」

「でも、先生、犯人を探さんと！」

すぐに広島に行きたいのは、やまやまやったけど、先生に迷惑かけるわけにもいかん。

犯人を探して、特急券と二千円を奪い返さなあかんと俺は思ってた。

けど、先生は厳しい口調やったけど、いつになく穏やかに言った。

「徳永。犯人を探すな」

「え？　でも……」

「もし、見つかったら、そいつが罪人になるやないか。もし、野球部員やったとしたら、そいつ、野球やめなあかんようになるやろ」

「あっ……」

「罪人をつくるな」

ここまで聞いて、ようやく俺にも先生の言わんとしていることがわかった。

部室には鍵がかかってた。

俺は広島に帰ると言うてはしゃいでた。

盗んだのは野球部の誰かかもしれん。もちろん、そうでない可能性もある。

ここで事を荒立てて、もし出来心でとった誰かが見つかってしもたら……。

本人もつらいだろうし、野球部の結束力も揺らいでしまう。

先生はけっして犯人を探さないようにと重ねて俺に言い、当時、先生にとっても大金であっただろう五千円を握らせた。

先生は五千円よりも、もっと大きなものを守ろうとしたんやと思う。

田中先生の五千円は、先生にとっても大金やったろうけど、俺にとっては金額以上のものすごく大きなもんをもらったと思ってる。

先生に「大人になったら返すから」と言うたけど、「そんなんいらん」と言う。

漫才師になってから先生に五千円返そうとしたけど、受け取らんのよ。

「私の秘密」というテーマの番組で、この話をして、先生を番組に呼んで五千円を返そうとしたこともあるんやけど、「いらん、一生貸しとく！」と言われたよ(笑)。

佐賀に戻ったときも、庭で掘ったタケノコをバイクでよく持ってきてくれた。

九十一歳になった今は、

「最近、バイク乗れんようになったし、自転車乗ってる」

「先生、自転車のほうがよけい危ないで！」

言うても笑ってる元気な九十一歳。

俺には父ちゃんの記憶がない。

田中先生に、どっか父ちゃんのイメージを重ねてたのかもしれんね。

ばあちゃんも、かあちゃんも亡くなって、嫁さんのかあちゃんも亡くなって、もう、叱ってくれる人がおらんのよ。

そやから、先生としゃべっているとなんか気持ちがほっとする。

悪ガキやったけど、不良にならんかったんは、野球と田中先生のおかげやと思ってるよ。

漫才師になってからも師匠の言うことは百パーセントきいた。

ばあちゃんがいて、田中先生がいて、師匠がいて、先輩がいて。

俺を導いてくれる人たちに囲まれていたから、道を誤らずにここまで何とかこれたんやと思う。

ほんまに感謝してる。

「以下同文」の選手宣誓

中学三年の夏の大会で選手宣誓をしたのもええ思い出や。

前の大会のときの選手宣誓は、「宣誓！　頑張ります」で終わった。

ばあちゃんに「頭悪いんやから、宣誓は短くしときんしゃい」と言われて、文章を削って削った結果がこれ（笑）。

けど、夏の大会では、さすがにそれでは短すぎるやろということで、俺も一生懸命に考えた。

今でも空で言えるよ。

「宣誓、私たち選手一同は、学校の名誉と大会の規則を守り、正々堂々と闘うことを誓います。選手代表、主将徳永昭広、佐賀市立城南中学校」

ところが、ここまで言い切って、ほっとしたところで、ついいらんこと付け加えてしもたんや。

「……以下同文」

もう、会場の二千人が大爆笑。

大会委員長の佐賀県副知事が、

「『以下同文』は、いらんばい」と言うたから、さらに大爆笑。

俺は顔を真っ赤にして、「もう一回、言います！」と言うたけど、「いや、間違ってたわけやないからええよ」と言われて、そのまんま。

それからしばらく、みんなから「以下同文」と呼ばれたよ。

この大会を最後に俺たち三年生は野球部を引退した。

なんせ野球ばっかりやってたから、引退と言われても、急に受験勉強にいそしむわけでもなく、野球部の連中となんとなく集まっては、ばか話に花を咲かせていた。

話題の中心は修学旅行。何といっても、中学生活最後の大イベントや。

ところが、旅行前に大事件が起こった。

仲間の修学旅行費をバイトで稼ぐ

俺たちの修学旅行先は宮崎。

夏ごろから、旅行先ではあれもしよう、これも見たいと、ワイワイと野球部の連中と話し合ったもんやった。

ところが、みんなで盛り上がっているのに、センターを守ってた久保だけが話に乗ってこんのよ。

もともと口数の少ないやつではあったけど、話の輪にも入ってこんかった。

「久保、お前どうしたんや？」

「え？」

「宮崎っちゅうとこは、ええとこらしいぞ」

「うん……」

「何かあったんか？」

「なんで黙ってるんや？」

みんながそれぞれ久保に声を掛けたら、

「俺、修学旅行には行かんと」

久保は思い切ったように、一気にそう言った。

「なしてや？」

「なんで行かんと？」

一斉にみんなが久保に詰め寄った。

「いや、俺は行かん」

それだけ言うと、なぜ行かんのか、それ以上のことは何も言わんかった。

気になった俺は、普段あまり人の来ない相撲道場の裏に久保を呼び出した。

「修学旅行なんで行かんと？」

「…………」

「一年のときからずっと積み立てしとったろう？」

「…………」

「せっかくみんなも行くんやから行こう」

「…………」

久保はずっと黙ってる。

「一緒に三年間、頑張ってきた仲間やろ？　みんなで行こうや。何かあったんか？」

やっと口を開いた久保は消え入りそうな声で言った。

「かあちゃんが病気で入院したんや。それで金が必要になったから、積み立ては下ろしたと」

「……………」

今度は俺が黙ってしまう番やった。

何も言えん。

毎日、一緒にいたのに、久保のかあちゃんが病気だということさえ知らんかった。

「徳永、かあちゃんのことは、みんなには内緒にしとって。言わんとって」

それまでずっと下を向いていた久保は、俺の目を見て、そう言った。

「……わかった」

俺は誰にも言わんと久保と約束した。

そらそうや、どんな親しい友だちにでも、家の事情をあれこれ言うたりするんは恥ずかしい。

特に中学生くらいのころは、友だちにええかっこしたいもんや。

俺もずっと貧乏やったから久保の気持ちは痛いほどわかった。

でも、俺はあきらめきれんかったんよ。

三年間、一緒に頑張ってきた野球部員全員で、一人も欠けることなく修学旅行に行きたかった。

そこで、野球部員を集めて相談した。

「詳しい事情はわからんのやけど、久保、積み立てしてなかったらしい」

「え?」

「なあ、みんなでアルバイトして久保の修学旅行費稼いでくれんか?」

「ええよ、やろう!」

「みんなで行きたいもんな」

「部活もないし、時間はいっぱいあるぞ」

「みんな卒業したらバラバラになるけん、最後の思い出つくろう!」

俺の提案にみんなが賛成してくれた。

「よし、みんなで久保を旅行に連れていこう!」

久保を修学旅行に連れていくために、俺たちはそれぞれアルバイトにいそしんだ。

目標額は二万円。

俺は近所の酒屋で荷物運びと配達を手伝った。

水木は八百屋で働き、岡田は金持ちの家の庭掃除、井上は新聞配達をやった。

ほかにも空き瓶集めや古新聞の回収とか、暑いさなか、野球部員全員が一生懸命に働いた。

今やったら中学生はアルバイトなんてできんかもしれんけど、当時は手伝いのお駄賃みたいな感じの軽い仕事の口がいっぱいあったんよ。

と言うても、中学生の手伝いや。そんなに給金がええわけでもない。

あくまでお駄賃。一人一人の稼ぎは少なかったけど、全員の分を合わせると、目標の二万円を達成することができた。

「やったぞー！」

「目標達成！」

俺たちは、やり遂げたことに満足していた。

ものすごい達成感があった。

「きっと久保、喜ぶぞ！」

「泣くかもしれんと！」

そんなことを言い合いながら、久保を部室に呼び出した。

みんなわくわくしながら久保を待った。

久保は三年生全員が部室にそろっているのに驚いたような顔をしながら入ってきた。

「どうしたん？」

「これ使ってくれ」

俺は久保に二万円の入った封筒を差し出した。

「何？」

「みんなでバイトしたんや。二万円ある。これで一緒に修学旅行に行こう」

ところが、久保の態度は、俺たちが期待していたものではなかったんや……。

ぶぜんとして久保は言った。

「受け取れん」

「え？」

浮かれていた俺たちは、肩透かしを食ったような気分になった。

「なんでや？」

「一緒に修学旅行に行こうや！」

「せっかくみんなで、バイトしたとばい」

みんなで説得しても、久保はなかなか首を縦に振らんかった。

でも、あんまり俺らが口々に「行こう、行こう」言うたからか、とうとう根負けしたかのように、「わかった。預かっとく」とだけ短く言って、封筒をポケットにしまった。

「よし、久保！」

「これで全員そろったと！」

「野球部は、ずっと一緒や！」

俺たちは拳を上げて歓声を上げた。

帰り道でもうれしくて、ずっとずっとはしゃいでいたなあ。

それやのに……。


本当のやさしさって何？

修学旅行の朝、久保は待ち合わせの佐賀駅に来んかった。

「久保が来ん、どうしたと？」

「あいつ、金だけとりやがって！」

「帰ったらただじゃおかん！」

そんなことを言い出すやつもいた。

俺たちは、修学旅行が終わったら、真っ先に部室に久保を呼び出すことにした。

楽しい修学旅行が終わって、俺たちは宮崎から佐賀に帰ってきた。

約束の時間に俺たちがそろって部室に行くと、久保はもう来ていた。

俺は、久保の顔を見るなり、頭にカーッと血が上った。

そしてブチ切れた。

暑い夏の盛り、バイトに励んだ自分たちがばかみたいに思えたんや。

そう思った瞬間、俺は久保につかみかかった。

「久保！　お前、なんで来んかった？　みんながせっかくバイトした金、使い込んだんか！」

荒々しくつかみかかった拍子に、久保の座っていた椅子はバランスを崩し、久保は床に倒れ込んだ。

「何とか言え！　使い込んだとやろ！」

激しく問い詰める俺に圧倒されながらも、久保ははっきりと言った。

「違う」

「何が違うんや！」

「修学旅行には最初から行かんつもりやった」

「どういうことや」

「俺たちをだましたんか」

「金はどうした！」

みんなが口々に久保を責めた。

「あの金は、これ買った。後輩に残そうと思って。ボロボロやし」

床から起き上がった久保は、大きな風呂敷包みを開いた。

そこから出てきたのは、真っさらのキャッチャーミットとファーストミット、
それにボールが四ケース。

そこで俺は思い出した。

久保は修学旅行に行くとは言わんかったことを。

俺たちから、半ば押し付けられるようにして金を受け取った久保は、たしか「預かっとく」と言うたのやった。

そうか！

あのときから久保の心は決まっていたに違いない。

俺の顔はカーッと赤くなった。

猛烈に恥ずかしくなった。

「ごめん、久保。ごめんな」

俺はこのとき、生まれて初めて土下座というものをした。

土下座をして謝らなあかんと思ったというよりも、心から謝りたいという気持ちが、俺の頭を床にこすりつけさせたんや。

きっとほかの部員も同じ気持ちやったと思う。

みんな泣きながら、「ごめん、ごめんな」と言いながら、頭を床にこすりつけていた。

「よか、よか。もう、よかとよ」

久保は、土下座している俺の肩をつかんで立ち上がらせながら、そう言った。

久保の穏やかな顔を見たら、ばあちゃんがいつも言うてる言葉を思い出した。

本当のやさしさとは、
相手に気づかれずにすること。

ほんまにそうや。ばあちゃんの言う通りやと思った。

けど、俺たちは違った。

久保に頼まれたわけでもないのに、勝手にバイトして、金を押し付けて、旅行に来んかったと怒った。

久保の気持ちをこれっぽっちも考えてなかった。

久保へのやさしさなんか、どこにもない。

俺たちは、自分たちが満足したいがためだけに、久保に親切を押し売りしてただけやった。

俺は涙が止まらんかった。

自分のばかさ加減が情けなかった。下を向いて泣いてたら、床の真新しいキャッチャーミットが目に入った。

久保はちゃんと後輩のことを考えてくれてるのに俺らときたら……。

そう思うとさらに情けなくて、泣いた。

そんな俺に久保は何度も繰り返した。

「よか、もうよか」

思い出いっぱいの修学旅行

修学旅行は楽しかった。

当時ディーゼルもあったけど、俺らは汽車で南九州を一周した。

旅行にはいろんな思い出があるけど、今でも忘れられんのが、初めて食べたパイナップルの味。

あれは宮崎やったかな。

俺らが街を散策して旅館に戻ってきたら、ちょうどその前でリヤカーに山ほどパイナップルを積んだおっちゃんが露店を開いていた。

「パイナップルおいしいよ！　食べてやー」

一個二百円。

パイナップルなんて、缶詰しか見たことがなかった俺はさっそく試食させてもらった。

これが甘くてみずみずしくてむちゃくちゃうまい！

友だちらもみんな「うまい、うまい！」とパイナップルにかぶりついてた。

おっちゃんは集まったお客相手に立て板に水のごとく口上に夢中。

「これはうまいぞ！」

俺らはリヤカーに山と積まれたパイナップルを、ラグビーのパスのようにポイポイッと旅館の部屋に運びこんだ。

そこで、カッターナイフでパイナップルを切ってわくわくしながらみんなで食べてみたんや。

「まっず～！」

と大声出したんを覚えてる。

硬いし、酸っぱいし、何より口の周りがヒリヒリする。

こらあかん、ということで、またみんなでパスして元に戻した（笑）。

よう考えたらパイナップルって追熟させて食べるんやな。

そんなこと知らんもんやから、しばらく自信たっぷりに言うてたよ。

「パイナップルはやっぱり缶詰が一番や！」

修学旅行の夜も、忘れられん思い出がある。

みんなで遊ぼうということになって、何をしよかという相談をしてたんや。

あのころの俺らの担任は、北村先生というまだ二十七歳か二十八歳くらいの若い男の先生やった。先生が、「しり取り歌合戦をしよう！」と言うたから、男女一緒にしり取りして遊んでた。

今から思えば、ほほ笑ましい遊びやわな。

みんなでワイワイと楽しんでたところで、急に部屋のふすまが開いた。

補導の先生や。

「おまえら、男女が同じ部屋で何をしてるんや！」と、大声で怒鳴られた。

男女が一緒に部屋にいてるって、こんな大勢で、しかも歌を歌っているんやで。

やましいことなんかあるわけがない。

「誰が男女一緒に部屋にいてええというたんや！」

「僕です」と北村先生。

そしたら、補導の先生は、いきなり北村先生を殴った。

北村先生は、恐縮してひたすら補導の先生に謝っている。

俺らはもう、びっくりしてしもて、何も言えんと北村先生と一緒に怒られてた。

でも、俺らはなんも悪いこともしてない。歌を歌ってただけや。

補導の先生に対する理不尽な思いが沸々と湧いてきた。

何より、北村先生を殴ったことは、どうしても許せんかった。

それで、俺らは北村先生の敵（かたき）を取ろうと誓い合ったんや。

決行するのは、翌日の鹿児島の夜。

食事が終わって一段落したころ、先生たちは部屋で酒を飲みはじめたんよ。

俺らは廊下で身を潜めて、酒を飲んでる補導の先生を待ち伏せした。

「よし！　行くぞ！」

「おい！　来たぞ！」

補導の先生は、自分の部屋に帰るのかトイレにでも行くのか、とにかくほろ酔い気分で、廊下をふわふわと歩いている。

「電気消せ！」

真っ暗闇（くらやみ）の中、俺ら七、八人が補導の先生に一斉に飛びかかった。

「おい、なんや！　やめろ！」

補導の先生は、なんか叫んでたけど、そんなもん知るかいな。みんなでボコボコに殴って逃げた（笑）。

翌朝、先生はカンカン。

「修学旅行中に言いたくはないけど」と前置きした補導の先生は、「おい、徳永、立て。おまえやろ、みんなで殴りかかってきたんは！」

「はい」

「なんであんなことしたと！」

「だって、先生は俺らの北村先生を殴った」

「そんなことない！」

そしたら、しり取り歌合戦をしていた連中が口々に、「えー！　北村先生を殴ったと！」「俺ら見てた！」

俺は補導の先生に言うた。

「俺ら、しり取り歌合戦してただけや。しり取りの何が悪か？　何も悪いことなんかしとらん！」

そしたら、自分が北村先生を殴ったことが、バレるとばつが悪いと思ったんやろな。

「徳永、ちょっと来い」

と、俺を手招きした補導の先生。

俺が近づくと耳元で、ささやいた。

「おまえ、それ以上言うな」

これで終わり。

今やったら暴力沙汰(ざた)で大問題。ええ先生もおったけど、こんな先生もいた時代よ。


「悔しかったら、頭、悪なってみろ」

中学時代は野球ばっかりしてて、勉強はさっぱりやった。

昔は試験の成績を順番に廊下に貼り出してたから、勉強ができんのが一目瞭然(いちもくりょうぜん)やったんよ。

あれは掃除当番のときのこと。

金持ちの勉強ようできる女子から、「私、あんたみたいな頭の悪い人と一緒に掃除当番するの嫌」と言われたことあるよ。

そんときは、ばあちゃんがいつも言うてた、「悔しかったら貧乏になってみろ」を借りてアレンジして返した。

「悔しかったら、頭、悪なってみろ」(笑)。

その女の子と、漫才師になってから偶然会ったことがあるんや。

俺が漫才師になって売れてた三十七歳か三十八歳のころ。佐賀の飲み屋に行ったら、そこでホステスしてた。

俺を見るなり走って近づいてきて、「徳永くんやね。私、中学で一緒やったんよ? 覚えてる?」

覚えてるも何も、お前、俺のこといじめたやんけ!

と思ったけど、いじめって、いじめたほうは忘れてるんやね。

でも、いじめられたほうは、絶対に忘れへん。

まあ、俺も大人やし、昔のことはさておき、穏やかに話したよ。

「今、どうしてるん?」

「離婚していろいろあって大変やったんよ」とか言うてたけど、人生ってわからんもんや。先のことなんて誰も読めん。

ばあちゃんはいつも言うてた。


人生は短い。

なかでも、

「いい大学」

「いい会社」が

自慢できる期間なんて

本当に短いのだから。


女の子に嫌われるくらい勉強できんかった俺やけど、中学三年のときの県下一斉模擬テストで、佐賀県で六十七番になったことがある。

学校内ではなんと二位！

「徳永くんが急に賢くなった」と学年中の話題になったくらいの事件やったよ。

俺もびっくりしたけど、先生もびっくりした。

すぐ職員室に呼ばれた。

部屋に入ると、そこには補導の先生と担任の北村先生。

「おまえ、答案用紙、拾たんか?」

どこにそんなもんが落ちてるねん!

「カンニングしたんか!」やのうて、「拾たんか?」はないやろ(笑)。

なんでこんな好成績をおさめられたかというと、運とカンや!

英語やったら単語と発音記号を線で結べとか、国語も漢字の読みや意味に○をつけるような問題が多かったんや。

英語と国語の通知表が1の俺は、答えなんか、さっぱりわからんから、適当に線を結んだだけ。

それがたまたま合ってたんやな。

英語で七十点以上取ったのなんか、あとにも先にもこのときだけ。

理数系は、もともと好きやったから、そこそこの点は取れていたんやろ。

「これやったら、佐賀で一番の高校にも行けるぞ!」

と、北村先生から興奮気味に言われたけど、成績がよかったんはこのとき限り。

先生、ごめん(笑)。

中学校最後の運動会、来るはずのかあちゃんが……

足だけは誰よりも速かったから、運動会ではいつもヒーローや。
けど、運動会には苦い思い出もある。
かあちゃんが一度も見に来てくれんかったことや。
「今年こそは運動会に来てください」
中学に入ってからも、俺は毎年、かあちゃんにそんな内容の手紙を送っていた。
さすがに中学三年生にもなると、半ばあきらめ気味で書いていたんやけど、
「今年は行きます。楽しみにしてます」
という返事が返ってきたんや！
手紙を読んだとき、何かの間違いかと思ったよ、ほんまに。
かあちゃんが運動会に来てくれる夢を何度も見てたから、これは夢やなかと？
と漫画のように、ほっぺたをつねってみたりもした。
でも、ほんまやった。
かあちゃんは、ばあちゃんへの手紙にも、運動会に来ることを書いていたから、
これは絶対に間違いない。

「かあちゃんが運動会に来てくれる!」

そう思っただけで、もうそこらじゅうを走り回りたい気分やったよ。

翌朝、俺はかあちゃんからの手紙をかばんに入れて学校へ行った。

一時間目は社会やったけど、机の上に花柄の便せんを開いて置いた。

「徳永。なんや、これは?」

「かあちゃんからの手紙です」

「ほー。どれ、運動会、見に行きます……」

「あー、もう、先生ー。読まんでくださいよー」

と言いながら、うっとうしそうに手紙を隠すねん。そんなコントのようなことを毎時間、繰り返した(笑)。

小学校のときの二十四色のクレパスや、ばあちゃんに買ってもろたスパイクのときも、そうやった。

いつも机の上に置いて、先生に、「なんや、これは?」とわざと質問させたもんや。

あのときのように、見せびらかしたかった気持ちもあったんやけど、みんなから「よかったな！」と言われたかったんや。

そうすることで、ほんまにかあちゃんがやって来るという喜びをかみしめたかったんやと思う。

城南中学の運動会のメインイベントは、伝統的にマラソン大会と決まってた。学年、男女別に競うんやけど、ファイナルは、三年生の男子の部や。

俺らは、校門を出て、お城の堀沿いに回ってから城内を通って、また学校に戻ってくるコース。

全部で七キロほどのなかなかハードなコースやった。

とは言うても、毎日、野球部の練習で走り込んでた俺らからすると、たいしたことではない。

俺は二年のときも優勝していたから、自信はあった。

けど、かあちゃんが見に来るんやから、何が何でも優勝せんとあかん。

そう思うとちょっとプレッシャーみたいなもんを感じたんよ。

俺はこれまでの運動会も野球部の試合でも、楽しみで武者震いすることはあっても、プレッシャーを感じるなんてことは一度もなかった。

運動会が近づくにつれて、当日、風邪をひくんやないか、おなか下すんやないかとか、そんな妄想ばっかりが浮かんでくる。

結局、風邪もひかんし、おなかも壊さんかったんやけど、もっとえらいことになってしもたんや！

運動会の前日に来ると言うてたかあちゃんが、待っても待っても来ない！

かあちゃんから連絡はないし、俺は心配で心配でしょうがなかった。

「仕事を早めに終えて、汽車に乗ると言うとったけん、大丈夫。汽車が遅れたんやろ。明日の朝には来るけん、心配せんと寝んしゃい」

ばあちゃんに促されて、布団に入ってみたものの、まったく眠れん。

ちょっとウトウトしては、かあちゃんが来た夢を見て目が覚める。

「なんや、夢やったんか」

とがっかりして、またウトウト。

今度はかあちゃんが来んまま運動会が終わった夢を見て、慌てて飛び起きた。

「ああ、夢やったんや」

とホッと胸をなで下ろした。

そんな寝たり起きたりを繰り返して、寝たんか、寝てへんのかわからんままに、いつもより、ずいぶん早い朝を迎えた。

ばあちゃんは、いつものように早朝から仕事に出かける。

俺は一人、土手に立って、かあちゃんがやってくるのを待った。

昨日の夜の汽車に乗れんかったから、おそらく朝一番の汽車やろう。

それに乗ったとしても、広島から佐賀まで、そんな早朝に着くはずがない。

そんなことはわかっていたけど、じっとしていることなんてとてもできんかった。

けど、かあちゃんは来んかった。

そうこうしているうちに学校に行く時間が近づいてきた。

胸が不安でドキドキ高鳴った。

でも、あきらめんかったよ。

「運動会に行きます」

かあちゃんは、はっきりと手紙にそう書いていたんやから。

「かあちゃんは、きっと来てくれる！」

かあちゃんの声が聞こえた！

運動会が始まっても、俺は落ち着かず、ずっとソワソワしていた。他の競技なんか、まったく目に入らず、ずっと父兄の席のほうばっかり見て、かあちゃんがおらんかと探してた。

「何をキョロキョロしとる？」

「いや、なんでもない」

友だちも運動会で浮かれているもんやから、俺のかあちゃんが来る話なんて、忘れてたんやろな、そんなに不審がられることもなかった。

そんな落ち着かん状況でも、百メートル、二百メートル、四百メートルと、出場した競技は、全部一等賞をとったよ。

すべての徒競走の競技が終わって、時計は午後の二時を回っていた。

とうとうマラソン大会が始まった。

スタートに立っても、俺はずっと見物客の中にかあちゃんを探し続けた。

そやけど、やっぱりかあちゃんの姿はどこにもなかった。

そして、俺の中学最後のマラソン大会が始まった。

マラソンをバイクで先導するのは、野球部顧問の田中先生。

俺は、自分のペースでゆったりと走り始めた。

それでも、先頭やったよ。

五月に開催された、中学の創立記念のマラソン大会では、二位の陸上部を二百メートルぐらい引き離して優勝したから、自信はあったんやけど、後ろを振り返ったら三十メートルくらいしか離れてへんねん。

八月で野球部を引退したから、体がなまってたんやろな。

このマラソン大会は、地域ではけっこう有名で、父兄以外の人も大勢が沿道で見守っている。

これではあかんと、俺はちょっとピッチを上げながら、走った。

「あの子、速いねえ」

そんな声が沿道から聞こえてきた。

どうやら、二位以下をかなり離していたようやった。

俺は、とにかく前へ前へ進むことだけ考えてたよ。

そうせんと、まだ来てないかあちゃんのことを考えてしもて、ダメになってしまいそうやったから。
このマラソンコースは、ばあちゃんの家の前も通る。
お堀を曲がったら、川があってその先はばあちゃんちや。
ドキドキ、ドキドキ。
家が近づくにつれて、心臓が押しつぶされそうになった。
早く家の前を通りたい。
かあちゃんがいるかもしれん。
いや、通りたくない。
かあちゃんがおらんかもしれんから。
そんな気持ちが俺の中で交錯してた。
もうすぐ家の前や、というとき、俺は見るのが怖くなって、うつむいた。
俺は、自分の足先だけを見つめて黙々と走った。
ぱっと一瞬、家のほうを見たら、四、五人くらいの人が家の前にいた。
かあちゃんかもしれんけど、もし違ったら嫌やからすぐ下を向いたんよ。
「あれ、お前のかあちゃんちゃうか？」

先導の田中先生の声に、顔を上げたと同時やった。

「昭広、頑張れ～！」

かあちゃんの声や！

それも、今まで聞いたことのない大きな声やった。

頭を上げて、家のほうを見ると、一生懸命叫びながら手を振っているかあちゃんが見えた。

「昭広ー！　頑張ってー！」

かあちゃんが来てくれた！

その横でばあちゃんもニコニコして手を振っている。

俺はまた、下を向いた。

照れくさいやら、うれしいやらで、どうしたらええかわからんようになってしもたんや。

「こら、徳永。おかあさんが見とるぞ。下向くな。堂々と走れ」

田中先生にそう言われて、俺は顔を上げて、真っすぐ正面を向いた。

ついに、家の前にさしかかる。

「昭広――！　昭広――！」

かあちゃんは、懸命に手を振っている。

俺は、思い切ってかあちゃんに向かって叫んだ。

「かあちゃーん！　俺、速かろうが！　勉強はできんばってん、足は速かろうが――！」

俺は思いっきり、そう叫んだ。

そしたら、かあちゃん、

「頭はええほうが、よかばい」

俺は、ズッコケそうになったよ（笑）。

さすが、俺のかあちゃんや！

家の前を通り過ぎてしばらくしたら、かみ殺したような嗚咽（おえつ）が聞こえてきた。

田中先生が泣いてるんや。

バイクで先導しながら、「うっ、うっ」と、声を押し殺して男泣き。

「徳永、よかったなあ。かあちゃん来てくれて」

田中先生は、日焼けした顔を涙でくしゃくしゃにしてる。

俺は首にかけていたタオルを先生に差し出した。

涙をぬぐう先生を見てたら、俺の目頭も熱くなってきた。

先生は泣きながら俺にタオルを返す。

「お前が拭(ふ)け」

俺も泣いていた。

かあちゃんが来てくれたことはもちろんやけど、野球部で三年間お世話になった田中先生の男の涙を見たら、たまらんもんがこみ上げてきたんや。

温かい涙がどんどんあふれてくる。

先生は泣きながら、笑っていた。

俺はもう一回、先生にタオルを差し出した。

「先生が拭いてください」

「いや、お前が拭け」

「いいえ、先生が拭いてください」

「お前が」

「先生が」

二人で泣きながら、タオルを何度か押し付けあった。

「二人で泣いてる場合か！　もっとスピード上げて頑張れ！」

先生は、そう言って俺にタオルを投げつけた。

俺は先生から戻ってきたタオルで、ゴシゴシと涙をぬぐって、走ることに集中しようと気持ちを切り替えた。

前へ、前へ。

俺は、一分、一秒でも、とにかく前へ進むことだけを考えた。

不思議と疲れは感じんかった。

いや、それどころか、かあちゃんの顔を見て、体中から力がみなぎってきた。

野球部の練習から離れて、体がなまっていたとは思えんくらい足が軽く感じたよ。

「おい、あんまり飛ばすと息切れするぞ」

田中先生が心配するくらい、俺のピッチは後半になっても落ちることはなかった。

ゴールのとこにもかあちゃんは来てくれてたみたいやけど、人が多すぎてわからんかった。けど、もう平気や。

一着でゴールインした俺は、二位の選手をまた二百メートル以上も離してたらしい。

学校が始まって以来の記録やった。

好きな女の子が投げる球は、全部ストライク

中学校では、運動会のほかに、スポーツ大会も開催された。

男子はサッカーで、女子はソフトボールの大会。

俺は足が速いから、サッカーの大会でも活躍したよ。

なんせ、サッカー部より足が速い。

でも、詳しいルールはようわからんから、なんとなく走って、蹴ってただけのような気もするけど。

女子のソフトボールの大会では、俺ら野球部が審判係。

ピッチャーをやってた女の子がいたんやけど、

「あの子、徳永くんのことが好きらしい」

そんなことを友だちから耳打ちされた俺は、悪い気はせん。

どんな子やったか、もう顔も思い出せんけど、とにかくその子が投げるボールをなんでもかんでもストライクにした。

「今のはボールじゃなかかと？」

そんなことを言われても、おかまいなしにストライク！

一塁の審判から「さすがに、ワンバンはボールばい？」とあきれられたけど、まあ、いわゆる忖度（そんたく）やね。

相変わらず、げた箱には女の子からの手紙が入っていたんやけど、広島の広陵に行くらしいといううわさが流れ出してからは、人気はさらにうなぎ上り。俺の白黒写真が複写されて、ブロマイドとして五円だか十円だかで、出回っていたくらい。

ブロマイドといえば、Ｂ＆Ｂが漫才師として、初めてブロマイド専門店のマルベル堂で売り上げのベスト10に入ったんよ。

しかも三位！　一位と二位は、マッチとトシちゃんやったよ（笑）。

授業サボって、三年生の野球部全員でプロ野球観戦

　今は福岡ソフトバンクホークスのおかげで、九州の人もプロ野球観戦が盛んになったけど、昔は九州で、それも佐賀で、生のプロ野球の試合を見るなんてことはめったになかった。

　あれは、忘れもせん。

　佐賀球場で西鉄ライオンズ対広島カープのオープン戦が開催されたんや。

　試合は日曜やったんやけど、雨で流れて月曜日に順延になった。

　当時はナイター設備なんてないから、平日でも昼の一時がプレイボール。

　俺は広島で何度もプロ野球の試合は観戦してたけど、野球部の連中は誰も見たことがなかった。

「こんな機会はめったにない。学校で勉強するより、プロ野球を見に行ったほうが、なんぼか勉強になるばい」

　誰からともなくそんなことを言い出して、俺らは学校をサボって野球を見に行くことにした。

　三年の野球部は十三人。俺の三年八組は、俺と副キャプテンと四番打者の三人やった。

いっぺんに帰ったら怪しまれるということで、「おまえと俺は一時限目で、おまえは二時限目な」

そんな感じで、悪巧みの打ち合わせもばっちり。

俺は一時限目の終わりごろに手を上げて先生に言うた。

「先生、腹が痛い」

「そうか、保健室に行ってこい」

二時限目には副キャプテンが「先生、腹が痛い」

「大丈夫か？　保健室行け」

授業を抜け出した俺たちは、学校の外で集合。

十三人全員が集まった。さすが結束の固い野球部や（笑）。

西鉄ライオンズ対広島カープ。

立ち見の外野席やったけど、みんな生まれて初めてのプロ野球観戦に、目をキラキラさせていた。

「すごかー！」

「すごかー!」

「すごかー!」

お前ら、他に言うことないんか!

そう言いたいくらい、みんな「すごかー!」を連発してたなあ。

「ショートフライや思ったら、あれがスタンドに入るのな。プロの打球ってあんなに伸びるんや。すごかー!」

と感動してたのはピッチャーの水田。

もう、プロの選手の一挙手一投足がスーパープレーに見えて、全員がスーパーマンやと思ったよ。

印象に残っているんは、中西太選手のホームラン。

中西選手の打った球が、外野の立ち見席の俺をめがけて一直線に飛んできたんや。

俺は一生懸命に飛び上がって取ろうとしたんやけど、手に当たったボールは、そのまま落ちて、どっかの知らんおっちゃんに拾われてしもた。

悔しかったけど、まあしゃあない。

広島は負けたけど、ほんまにええ試合やった。

野球部の連中も、むちゃくちゃ喜んで、帰り道もずっと興奮しっぱなし。ずっと野球の話ばっかりしてたなあ。

ところが、その興奮冷めやらぬ翌日。

俺ら十三人は、補導の先生に職員室に呼ばれた。

どうやら、十三人全員が「腹痛い」と言うて、授業を抜け出したらしい。

しかも、みんな一時限目か二時限目。

そらバレるわな。

でも、こんなところまで、気が合う俺ら野球部ってええよな（笑）。

補導の先生にさんざん叱られたところで、顧問の田中先生が呼ばれて職員室にやってきた。

「お前ら、サボったんかー！」

と大きな雷を一つ。

「田中先生からも叱ってください」

そう言い残して補導の先生は、職員室を出ていった。

そしたら田中先生の怖い顔が一変した。

鬼のような形相から、「やれやれ」という顔に変わった田中先生は言った。

「お前ら、もうちょっとええ理由なかったんか？　十三人全員が腹痛いって、それはいくらなんでも無理があるやろ」

田中先生は、ちょっといたずらっぽい表情になって、「なあ、見に行ってもええやんな」

たしかにあのころは、田植えや稲刈りとかで、学校を休むやつも多かった。

「プロ野球の試合なんて、めったとない機会やから、ええ勉強になったやろ。補導の先生には、こってり叱られとけ。社会勉強や。どっちみち、特別頭のええ子はおらんのやし（笑）」

やっぱり田中先生や！

俺らが今でも、田中先生を囲んで酒を飲んでるのがわかるやろ？

六、七年前のことかな。中西太さんが、福岡ソフトバンクの臨時コーチで、福岡に来てたことがある。

そのとき中西さんと話をする機会があったんや。

「中西さんの球が手に当たったんですけど、おっちゃんに拾われてしもたんですよー」

「それやったら、今、球、当てよか？　さすがに、今はいらんやろ」

と言われたけど、ほんまはちょっと欲しかった（笑）。


「問題用紙に答えは書くな！　書いたらアホがバレる」


授業サボってプロ野球を観に行ったころやろか、広島の広陵高校から野球推薦の話があったから、試験受けんでも高校行けるからと、まったく勉強せんかった。ところが担任の北村先生から、「おまえ、再来週、試験あるんやぞ。勉強してるんか？」と聞かれた。

まったく勉強してんかった俺は正直に、「全然、してません」と答えた。

「そうか……。よし、おまえ、問題用紙に名前と学校名と〝野球部志望〟とだけ書いて、出せ。答えは書くな」

「えっ？　なんも書かんでよかと？」

「書かんほうがええやろ。書いたら、アホがバレる」

そんなんでええんか？　と思ったけど、先生が言うのやからと、その通りにした。

問題を見ると、なかには正解できるもんもあったし、書きたかったんやけどね。

でも、英文を訳せとかいう問題見たら、「こらあかん」と(笑)。

線で結ぶ以外の英語の問題はわからん。

それで、どの科目も試験開始から十分くらいで席を立った。

「早っ！」というような目で、みんなが俺を見てたよ。

それで、いっぺんに目立ってしもた。

そら五科目ともそれを繰り返したら目立つわな。

入学してからも、「試験のとき、十分くらいで出ていってたやろ？　答え書いたん？」とか聞かれて、ほんまのこと言えんから、「わかるとこだけ書いた」と言うといた。

広陵はほとんどの生徒が広島県内。

野球推薦でもせいぜい四国か中国地方からのやつやったから、九州、それもみんながよう知らん佐賀から来たというだけでも目立ったんよ。

広陵高校への入学決まる。けど……


正式に特待生として入学が決まったんは、寒さが厳しくなってきたころやった。

「徳永、やったな！　九州からは二人だけやぞ！」

野球部顧問の田中先生も、うれしそうに、そして誇らしげに俺の肩をたたいてくれた。

広陵高校といえば、二〇一七年の夏の甲子園の活躍を見ての通りの野球の名門校や。

そのうえ、特待生なら入学金も月謝もかからんらしい。

そして、なんと言っても、広島のかあちゃんと一緒に暮らせる。

まさに、俺にとっては、いいことずくめの夢のような展開やった。野球部のみんなも喜んでくれて、俺は天にも昇る心地で、全速力で家に帰ってばあちゃんに言うた。

「ばあちゃん！　やったよ！　広陵高校決まった！　学費もいらんらしい！　広島で暮らせる！」

俺は興奮して、早口に一気にまくし立てた。

「へーえ。たいしたもんだ。何しろタダやし」

と、ばあちゃんらしく喜んでくれて、俺もむちゃくちゃうれしかった。

ところが……。

その日からばあちゃんの様子がおかしくなってしもたんや。

「佐賀商業は、よかとこらしいなー」

晩飯の途中とか、掃除をしながらとか、とにかく何の脈絡もなく、そんなことをつぶやくようになった。

佐賀商業高校は、ばあちゃんちから歩いてすぐの高校。ここも野球の強豪校で、もし広陵に落ちたら、俺は佐賀商業に推薦入学することになっていた。

ばあちゃん、なんでや？

ばあちゃんは、普段とおんなじように振る舞っていたけど、なんとなく元気がないようにも見えた。

「佐賀商業やったら、いつでも練習、見に行けるとね！」

「佐賀商業で簿記の勉強したら、就職先に困らんけんね！」

そんなことをしょっちゅう口にするようになり、事あるごとに「佐賀商業は、よかと！」

独り言のように、そう、つぶやいた。

けど、そう言いながらも、佐賀にいてほしいとか、広島に行くなとか、そういうことは一切言わんのよ。

だからよけいに俺もつらかった。

かあちゃんと暮らしたいのは、やまやまやったけど、ばあちゃんとアラタちゃんを二人だけにして佐賀に残していくのは、正直、ちょっと気が引けた。

それに、佐賀には仲のいい友だちもいっぱいいる。

何より、俺はこの八年の間に、この何もないけど田舎の佐賀が大好きになっていたんや。

俺の心は揺れた。

たまらんようになって俺は一回だけ、ばあちゃんに言うてみたんや。

「ばあちゃん、俺、佐賀におったほうがよかね？」

すると、「何をばかなこと言うとる」、ばあちゃんは、素っ気なくそう言うだけやった。

でも、ばあちゃんのほんまの気持ちは、そうやないことは痛いほどわかってる。

でも、佐賀にいてほしいなんて言うたら、俺が困るもんな。

だから言えん。

そやから、ギリギリまで悩んだ。

そして、決めた。

俺には夢があった。

高校生になったら、かあちゃんと広島で暮らすこと。

そして野球部で一生懸命に練習して、甲子園に出ること。

それが俺の夢やった。

「いつか甲子園に出る！」

この夢が、しんどいときも俺をずっと支え続けてくれた。

貧乏な暮らしもこの夢があったから耐えられたんや。

大好きなばあちゃんと離れて暮らすことは、ものすごくつらかったけど、俺はやっぱり小さいときからの夢に向かって歩き出そうと決めた。

俺は広島に行く！

そう決めた。

冬の時間は慌ただしく過ぎていった。

あっと言う間に卒業式がやってきた。

いや、ほんまはいろんなことがあったんやろうけど、俺が広陵へ行くと決めてからのことは、あんまり覚えてないのよ。

はっきり覚えているんは、卒業式の日のこと。

あの日は、いつもより早く目が覚めて、なんとなく手持ち無沙汰になったもんやから、普段よりずっと早く家を出た。

土手を歩きながら、幼い俺がばあちゃんに手をひかれて土手を歩いている姿を想像した。

広島に遊びに来た喜佐子おばちゃんを見送りに行くはずやったのに、かあちゃんに背中押されて佐賀まで来たんや。

不安な顔でばあちゃんに手をひかれて歩いてる、俺。

なんか知らんけど、おかしくなって、フッと笑みがこぼれた。

そしたら後ろから声がした。

「おーい、徳永」

声のするほうに振り返ると、野球部のメンバーたちやった。

巣立ちの春、笑って泣いて

「お前、何一人で笑ってるん？」

みんなも俺と同じで、家にいてもなんとなく落ち着かんからと、早めに出てきたらしい。

「いや、なんでもない」

恥ずかしさを隠すために、わざとぶっきらぼうに、そう答えて、いつものようにばか話をしながら学校に向かった。

学校に着いたら、校庭のあちこちで胴上げが始まっていた。

後輩に胴上げされながら、何度も宙に舞う同級生たちのうれしそうな顔。

そやけど、なんか、みんなの姿がフィルターをかけたように、遠くなっていくような不思議な感覚に包まれた。

あちこちで湧き上がってた笑い声も、だんだん聞こえんようになった。

もやがかかったようなシーンに、みんなが胸につけていたピンクのカーネーションだけが、妙に鮮やかに目に焼き付いた。

「ほんまに俺、今日で卒業するんか？」

自分の卒業式やのに、どこかひとごとのような感じ。

それでいてしんみりとした気持ちが、俺の中に湧き起こってきた。

「名残（なごり）は尽きませんが、これから卒業生を見送ります。在校生は花道をつくってください。卒業生の皆さんは整列してください」

流れてきたアナウンスの声に、俺はハッとわれに返った。

下級生が両脇に並んで、卒業生が最後に行進する花道をつくってくれていた。

吹奏楽部が『仰げば尊し』を演奏し始めた。

「あーおーげーばーとーおとしー……」

下級生たちの歌声に合わせて、俺たちは歩き出した、そのとき。

「わ――――っ！」

しんみりとした空気を吹き飛ばすかのように、誰かが大声で叫んだ。

野球部の仲間や。

俺たち野球部員は、逃げるように花道を通り抜け、校門を走り出た。
みんな大声で笑っていた。
俺も思いっきり笑った。
そして、笑いながら、みんなで空を見上げて泣いた。
今、たしかに何かが終わったんやと、みんながそう感じていた。
一年生のときから、毎日毎日、一緒に汗を流して、白球を追った仲間たち。
思っていること、感じていることは、みんな一緒なんやなあ、やっぱり。
ばあちゃんはよう言うてた。

頭がいい人も
頭が悪い人も
金持ちも、貧乏も
五十年たてば
みーんな五十歳になる。

俺らこれから進む道は違うけど、五十年先も同級生なんや。
そう思うと、仲間と別れる寂しさがちょっとだけ薄らいだ。

卒業式から一週間後に、俺は広島に引っ越すことが決まっていた。

ばあちゃんとの別れ

ばあちゃんは、相変わらず、いつものばあちゃんで、俺も、特に変わったことをするでもなく、淡々と時間が過ぎていった。

俺が広島に行く日。

荷物というても、高校の制服は広島のかあちゃんが用意してくれているし、着替えだけ入れた小さなかばん一つで、ばあちゃんちを出ようとしていた。

ばあちゃんは見送ってくれるでもなく、いつもの朝と同じように、川で釜を洗っていた。

俺は、ばあちゃんの背中に声をかけた。

「ばあちゃん、俺、行くよ」

「はよう、行け」

「今まで、八年間、ありがとう」

「はよう、行けて……あぁ、もう水が……」

背中越しにばあちゃんの顔をのぞき込むと、ばあちゃんは泣いていた。

でも、釜の水を乱暴にかき回しては無理に顔にはねさせて、「水が……、水が……」と言うているんや。

そんな子どもっぽいことをしてまで、涙を隠そうとするばあちゃんに、俺も泣きそうになった。

「ばあちゃん」

「はよう、行け」

「夏休みには遊びに来るから、元気でな」

「はよう、行け」

ばあちゃんはそれしか言わん。

もっとばあちゃんと話したかったけど、電車の時間も近づいている。

「じゃあ、行くわ」

俺は、ばあちゃんに背を向けて歩き出した。

ばあちゃんちの前の川は、春の日差しを受けて、キラキラと水面が光っていた。

のどかな春の河原を踏みしめるように、ゆっくり歩いて大通りに向かう曲がり角で、俺は振り返った。

「ばあちゃん、元気でな――!」

大きく手を振ると、ばあちゃんも手を振っているんや。

「はよう、行け――!」

しゃあないなあ。ほんまに強情なばあちゃんや。

「かあちゃんとこに、行くからな――!」

俺はもう一度、ばあちゃんに笑顔を向けて大きく手を振って、再び歩き出した。
二、三十歩ほど歩いたあたりで、背後からばあちゃんの声が聞こえた。
「行くな――!」

俺の涙腺(るいせん)が一気に崩壊した。

ばあちゃんとこに駆け戻りたい衝動に駆られたけど、必死でこらえた。

俺は前に進まんといかん。

それから駅までのことは、なんも覚えてないんよ。

頭の中が真っ白になってしもたんやろなあ。

駅には野球部の仲間と後輩たちが集まってくれていた。

「キャプテン、頑張ってください」

「おう。お前らも、夏の大会目指して頑張れよ！」

「徳永くん、元気でな」

「みんなもな。また夏に帰ってくるよ」

　俺はみんなと別れの言葉を交わして、改札に入り、がらんとしたホームで特急かもめを待っていた。

　佐賀から広島までは、特急かもめで約四時間。

　広島、博多方面に行くには、急行出島があるんやけど、六時間かかる。

　でも、運賃が安いからたいていの人は出島に乗るんや。

　そやけど、ばあちゃんは一分でも早くかあちゃんに会いたいやろうと、いつも特急かもめを奮発してくれていた。

　ばあちゃんも、特急券には気合いが入るらしく、特急券を買うときは、駅の窓口で、周りに聞こえるように大きな声で、「特急券！　広島までください！」と誇らしげにお金を出していた。

　ポケットの中の特急券も、そうやってばあちゃんが買ってくれたんや。

特急券を握りしめながら、そんなことを思い出していた。

俺は、もしかしたらばあちゃんが見送りに来てくれるんやないかと、ちらちらと駅舎の外を見ていたけど、ばあちゃんは、とうとう姿を見せんかった。

ばあちゃんとの別れが、それまで、俺の生きてきた人生で一番つらかった思い出かもしれん。

特急かもめを待っている間、今までの思い出が頭の中をよぎった。

初めて佐賀に来たときのこと。

ばあちゃんにいきなり飯炊きをやらされたなあ。

ばあちゃん、俺がいなくなっても大丈夫やろか。

アラタちゃんに何かあったら、どうしよう。

俺が家を出てくるとき、家の前の川にかかる橋の欄干に腰をかけて、足をブラブラさせてたアラタちゃんの姿が浮かんだ。

中学生になってからは、野球が忙しくて、ほとんどアラタちゃんと遊ぶこともなくなってた。

ばあちゃんは、これから一人でアラタちゃんの世話をせんといかん。

それに、しゃべる相手がへってしまって、寂しいやろなあ。
後ろに戻れば、ばあちゃん。
前に進めば、かあちゃん。
今の俺は前に進むしかない。
でも、あんなに〝がばいばあちゃん〟やから、きっと大丈夫やろ。
ばあちゃんは、よう言うてた。
私の人生なんだろう？
とか、難しく生きるなよ。
終わりにしかわからんばい。
その通りや！　今は自分が正しいと思った道を進むだけ。
何が正解かなんて、ほんま終わりにしかわからんよ。
広島で頑張るしかない
今の俺は、これから広陵高校で、野球を一生懸命にやることや。
あとでわかったことやけど、野球部の顧問の田中先生が、広陵高校に推薦状を書いてくれていたらしい。

田中先生は、俺が夏休みにしかかあちゃんに会えないことや、ばあちゃんと俺との貧しい生活のこともよく知ってた。

たぶん、この子をなんとかしてやりたいと思ったんやろな。

俺は田中先生のためにも、広島で頑張らんとあかん。

いや、田中先生だけではない。

卒業式では、校長先生も式辞で俺や野球部のことを話してくれた。

「今年の卒業生には、野球の名門、広島の広陵高校に推薦で行く生徒がいます。スポーツの盛んなこの学校としては、非常にうれしいことです」

「また、美談としては、こんなこともあります。中学生は原則としてアルバイトは禁止ですが、一つだけ私が大目に見たことがあります。誰とは言いませんが、野球部の何人かがみんなでアルバイトをして、修学旅行に行けない同級生をなんとか一緒に行かせようとしたことです。結果的に、残念ながらその生徒は修学旅行には行けませんでしたが、そんな話を聞くと、この学校はつくづくいい学校だなあと私は思います」

こんな話を在校生や父兄のいる場でされたら、もう広島で頑張るしか道はない。

卒業生のうち、大学に進むための進学校に行くのはおよそ半分。

工業高校、商業高校、実業高校など、高卒で働こうとする生徒がだいたい四割。

中学を卒業してすぐ働くのが一割。

それが、俺たち佐賀市立城南中学の昭和三十九年度の卒業生の進路やった。

特急かもめがホームに着いた。

これで、佐賀ともお別れや。

そんな気持ちで、座席に座って、車窓に流れる佐賀の風景をぼんやりと見つめた。

「また、会おうな」

「絶対会おう！」

「同窓会しよう！」

同級生たちと、口々にそう言い合った。

けど、そう言いながらも、「もう、これっきり会うこともないやつもおるんやろうな」と心のどこかで思いながら、同級生一人一人の顔を思い浮かべた。

子どものころは、そんなこと考えもせんかった。友だちと会おうと思えば、いつでも会えたし、ましてや友だちと会えなくなるなんて、想像もできんかった。

「もう、会うこともないやつもいるやろな」と、思うようになっていた自分にちょっとびっくりした。

俺は少しずつ大人になっていたんやな。

ちょっとしんみりしながらも、特急かもめが広島に近づくにつれ、俺の気持ちは、どんどん高まってきた。

かあちゃんに会えるんや！

これからずっとかあちゃんと暮らせる！

俺を乗せた特急かもめは、春休みで混雑する広島駅のホームに滑り込んだ。

思い出がいっぱい詰まった広島駅。

小学二年生で、かあちゃんと別れたのもこの駅のホームやった。

夏休みにかあちゃんと会えるときは、むちゃくちゃうれしい思い出。

夏の終わりに、かあちゃんと別れるときは、むちゃくちゃ悲しい思い出。

俺にとって夏休みに広島に帰ることは、あくまでも広島に「行く」ことで、佐賀に戻ることが「帰る」ことやった。

それがとうとう広島に帰ってきたんや！

一人で降りた広島駅

小学生のころ、夏休みの後半に、かあちゃんは寂しそうにつぶやいたことがある。

「来週の今ごろは、もう佐賀やねぇ……」

それを聞いて、俺は泣き出した。

「ごめん、ごめん。いらんこと言うて」

と、かあちゃんは俺を抱きしめた。

夏休みの最後の週は、ものすごく気持ちが落ち着かんようになったもんや。

寝るときは、「来週の月曜日は、起きてもまだ、そばにかあちゃんがおる」と安心して眠る。

でも、次の日には、「ああ、来週はもう佐賀や。起きても、横にかあちゃんはおらん」と悲しくなったもんや。

今でも、あのころのかあちゃんと俺と同じ年格好の母親と子どもを見ると、俺は目頭が熱くなるねん。

心の中で、母親に向かって、

「いっぱい甘えさせてやってや！」

子どもには、

「愛情いっぱいもらえよ！」

と声をかけている。

それほど会いたかったかあちゃん。

いつもなら「何時何分に広島駅に着きます」と送る手紙通りに、かあちゃんが改札口に迎えにきてくれていて、俺は「かあちゃん！」と、胸に飛び込んだんやけど、今回の改札口にかあちゃんはおらん。

それはなんでか？

これまでは、一分一秒でも、長いことかあちゃんと一緒にいたかったし、迎えにきてもろてたけど、これからは、ずっとずっと、ず〜っとかあちゃんと一緒やからや。

だから、俺は、「かあちゃん、駅に迎えにこなくていいよ」と手紙に書いた。

かあちゃんが迎えにこないことが、逆にこれからずっとかあちゃんと一緒の証のような気持ちになって、ものすごくうれしかったな。

広島駅の改札口を出て、俺は市電に乗って、一人でかあちゃんの家に向かった。

広島の市電は、広島の街を縦横に走る、俺にとっての都会のシンボルやった。

市電に乗ったら、どこでも行ける。

そんな電車は佐賀にはなかった。

繁華街には福屋と天満屋の大きなデパートが二つもあった。

市電の「八丁堀」、「胡町（えびすちょう）」界隈（かいわい）は、広島一のにぎわいで、かあちゃんの働く蘇州飯店もここにある。

俺は八丁堀で、白島（はくしま）線に乗り換えて、終点の「白島」で降りた。

しばらく歩くと白島九軒町（くけんちょう）。

夏休みによくお菓子を買ってもろた「かぶと商店」の角を曲がると、そこがかあちゃんの家や。

家のすぐ裏には、太田川が流れていて、夏休みはよくここで泳いだもんや。

太田川は白魚漁が行われるほど、水がきれいで、川岸は白い砂浜になっていて、夏休みは大勢の人でにぎわった。

子どものころの思い出をかみしめながら、俺は、ゆっくりと歩いた。

大都会、広島。

これまでは、夏休みだけの特別な風景やったけど、これがこれから俺の日常になるんや。

しみじみ喜びが込み上げてきた。

家の前に着いた。

俺は大きな声で叫んだ。

「かあちゃん、ただいま！」

「おかえり！」

かあちゃんの明るい声がした。

胸が熱くなった。

佐賀で、友だちんちに行くと、「かあちゃん、ただいま！」と言うて、友だちが、ごく当たり前に、家に入るのが、どれほどうらやましかったことか。

それがこれから、当たり前になるんや！

進学祝いの五段変速自転車

俺は喜び勇んで玄関の戸を開けた。

ビックリした。

だって、そこにピカピカの真っさらの自転車が置いてあったからや。

「かあちゃん、この自転車なに？」

すると、かあちゃんはにこにこしながら言った。

「進学のお祝いよ。八年間、佐賀で寂しい思いをしたでしょう」

俺はもう、飛び上がるほどうれしかった。

いや、実際にちょっと飛び上がった。

俺は荷物をどさっと畳に放り出して、自転車を持ち上げた。

うれしくて、笑顔なんやけど、涙が出てきて、顔がくしゃくしゃになったよ。

持ち上げた自転車は、ものすごく軽い。

「軽いね、かあちゃん。うわあ！　五段変速や！」

当時、大人気の五段変速で、しかもかっこいいドロップハンドル。

かなり高かったと思うけど、かあちゃんは俺のために買ってくれてたんや。

もう、泣けるほどにうれしかった。

舞い上がった俺は、すぐにでも自転車に乗りたかった。

もちろん、かあちゃんと積もる話は山ほどあるんやけど、これからずっとずっと一緒や。

話はこれからいつでも、ゆっくりできる。

それに、自転車に乗りたかったんは、もちろんやけど、お楽しみを後回しにしたい気持ちも大きかった。

それと、なんやろ、うれしいんやけど、ちょっと照れくさい気持ちも少しあった。

「かあちゃん、ちょっと自転車に乗ってきてもいい?」

「いいよ、おまえのやもん」

やっぱり親子やね。

かあちゃんも、同じ気持ちやった。

ずっと欲しかった憧れのドロップハンドルの五段変速の自転車。どこに行こうか。行きたいところがいっぱい思い浮かぶ。

広島市民球場に行こうかなあ。それとも、もっと遠くに行ってみようか。

「かあちゃん、海田まで行ってもいい？」

海田とは、広島市の東隣の街で、そこに親戚の家があったんや。

「海田のおばちゃんとこまで？　いいけど、海田は遠いよ」

「うん、でも行ってみたい」

「危ないから、自動車に気をつけてな」

「大丈夫。おばちゃんとこ着いたら、店に電話する」

俺はかあちゃんに見送られて、自転車をこぎ出した。

かあちゃんが住んでた白島から海田町までは、だいたい十二、三キロ。

真っさらの自転車の乗り心地は抜群で、景色を楽しみながら、ゆっくり走った。

それでも、一時間もせんうちに海田に着いた。

海田のおばちゃんちに行くと、おばちゃんは、俺の顔を見て目を丸くして驚いた。

「まあ！　アキやん！　帰ってきたんか」

「うん、さっき帰ってきた」

「自転車できたんか？」

「うん、かあちゃんが買うてくれたんや」

「秀子さんが言うてたわ。ええ自転車じゃ。アキやん、四月から広陵に行くんやて？」

「うん」

「すごいな！　よかったな。おめでとう。アキやんも佐賀で苦労したやろ」

「そんなことないよ。佐賀は楽しかったよ」

この言葉に偽りはない。

もう、このころには、苦労というより、楽しかった思い出しかなかった。

それに前にはでっかい夢もある。

季節も俺の心も春、真っ盛りやった。

海田のおばちゃんは、「せっかく来たんやけん、泊まっていきんしゃい」と言うてくれた。

俺は、まだ時間も早いし、もう少し走りたくなった。

「おばちゃん、もうちょっと走ってくるわ」

そうおばちゃんに告げて、またペダルをこぎ出した。

俺は小さいときに、かあちゃんと呉港(くれ)へ、船を見に行ったことを思い出した。

ちょうど、音戸大橋ができたころかなあ。

いや、呉の岬と向こうの倉橋島にかかる音戸大橋ができたのは、小学校六年生やったから、もっと前やな。

そのときに、大きな船を見て、港と船が大好きになったんや。

佐賀も海は近かったけど、有明海は遠浅の海やから、タンカーや客船みたいな大きな船は入ってこれんのよ。

大きな船を見るには、長崎か佐世保に行くしかなかった。そうしょっちゅう見に行けるもんやなかったから、俺は無性にでっかい船が見たくなった。

左手に山が迫る海岸沿いの道を呉に向かって、東に走った。

いい天気で、潮風が気持ちよかったんを覚えてる。

呉に着くころには、夕方になってた。

呉造船のドックやら海上自衛隊の潜水艦、停泊する貨物船、そして遠くには瀬戸内海をいく客船が見える。

迫力たっぷりや。

小高い丘に登って、瀬戸の夕焼けを背景に音戸大橋を眺めた。

オレンジ色から、紫色に空が変わっていくさまは、今でも思い出せるくらいにきれいやった。

ああ、俺は広島に帰ってきたんやな。

しみじみとそう思ったよ。

海田のおばちゃんちに戻ると、ちょうど晩ご飯の時間やった。

「泊まっていきんしゃい」

帰るつもりやったけど、せっかくやから泊めてもらうことにした。

かあちゃんに電話すると、かあちゃんも、「今日は店が忙しいから、そうしたらええ」と言うてくれた。

毎年、広島に帰ってきてたけど、今まで海田のおばちゃんとこには泊まったことがなかった。

なんでかいうたら、広島にいる間は、一日でもかあちゃんのそばを離れたくなかったからや。

どっかに泊まりに行けと言われても、絶対に行かんかった。

だって、四十日間の夏休みは、俺の「かあちゃんの一年分」やもん。

それがどっかに泊まったら、一日でもソンになる。

海田のおばちゃんも、何度も遊びにおいでと言うてくれて、遊びに行ったこともあるけど、絶対に泊まらんかったよ。

それが、もう海田に泊まっても、明日も明後日も、来月も来年もずっとずっとかあちゃんと一緒におれるんや。

「泊まっていきんしゃい」

と言われて、それに気軽に応えることができる自分がむちゃくちゃうれしかったよ。

号泣するかあちゃん

翌朝は朝早く起きて、かあちゃんの家に戻った。

かあちゃんはまだ寝ていた。

かあちゃんが働く蘇州飯店は、夜の十一時半が閉店で、それからかあちゃんたちは、レジを締めて後片付けしたりするから、仕事が終わるのが午前の一時を過ぎるんや。

閉店時間が過ぎてもお客さんがいることも多かったから、帰りも遅くなった。

そんなときは、店にある自分の部屋に泊まって家に帰らんことも多かった。

兄ちゃんは、俺が中学に入った年に、長崎の大学に合格して、ずっと長崎で下宿してたから、長いことかあちゃんは一人暮らしやった。

それがやっと二人暮らしになるんやなあ、とそんなことを考えていたら、かあちゃんが目を覚ました。

「かあちゃん、おはよう」

「あら、もう帰ってたんか」

かあちゃんが起きてから、朝ご飯を食べながら、八年間の佐賀の話をした。

「かあちゃんも大変やったけど、おまえも大変やったねえ……」

かあちゃんは、ずっと泣きっぱなしやった。

「八年前、おまえの背中を押して汽車に乗せて……。ごめんね。でも、かあちゃん、ああするしかなかったんよ」

「そんなん、もうええよ、かあちゃん。まだ、チョロチョロと動き回る小さい子ども抱えて、かあちゃん働けんもん」

「あのとき、途方に暮れて、お母さんに相談したんよ。そしたら〝七人育てるのも、八人育てるのも一緒ばい〟と言うてくれたんよ」

ばあちゃんは、俺にこう言ってたことがある。

「秀子と喜佐子には、悪いことしたわ」

ばあちゃんは、じいちゃんが早くに死んだとき、かあちゃんと喜佐子おばちゃんに「もう働け」と、学校を途中でやめさせてしもたことを悔やんでた。

ばあちゃんが育ててくれたのは、俺だけちゃうよ。

旦那さんを亡くした三女の洋子おばちゃん一家も引き取って、洋子おばちゃんとこの、やすのり、てつろう、とも子の三人も育てた。

一番下のやすのりなんて、まだ一歳やった。ほんまにばあちゃんはがばい！

今は少子化の時代。

その理由は、生活を余裕もって楽しみたいとか、自分の時間を大切にしたいとかいうけど、昔は生活が苦しくても、子どもが六人、七人なんてざらやった。

そやからいうわけでもないけど、兄弟のうち、一人くらい不良になってもなんということもなかった。

「まだ、あとが残っとるがな」てな感じでな。

今は、子どもがちょっとでも不良になったり、不登校になったりしたら、一家は真っ暗になったりするやろ？

ばあちゃんが俺に、ポツリと言うたことがある。

「アラタには悪かばってん、七人も育てたら、一人くらいは故障もする」

ばあちゃんの言う故障とは、アラタちゃんのように体のことだけやない。不良になったり、泥棒になったり、ヤクザになったり……。

人間はいろいろと「故障」をする。

一万人生まれてきたら、五、六人は故障する。

それがばあちゃんの考え方やった。

「時計でもそうやろ。工場で一万個の時計をつくったら、そのうち十個や二十個は故障する。故障した時計は最初からつくり直しばい」

故障したら、また一からやり直し。

俺は、この「故障」という言い方が好きやねん。

頭が悪い俺やったけど、頭が悪いとは思わんと、ずっと「頭が故障」していると思ってやってきた。

三十歳くらいのころ、ばあちゃんに「まだ、頭が故障してるよ」と言うたら、「おまえの故障は一生直らん」と言われたよ。

故障は直るんちゃうんかい（笑）！

佐賀の思い出話をしている間、かあちゃんはずっとしくしくと泣いていた。

その泣き声が号泣になったのは、俺が佐賀を出るときのことを話し始めたときやった。

かあちゃんは「わっ」と声を上げて、突っ伏して泣いた。

「〝ばあちゃん、八年間、ありがとう。俺、かあちゃんのとこに行くね〟と言うたら、ばあちゃんは、〝はよう行け〟しか言わん。けど、俺が歩き出してしばらくしたら〝行くなー〟と叫んだんや」

俺がそう話すとかあちゃんの嗚咽が高まった。

「かあちゃん、なんでそんなに泣くん」

「おまえもだいたいわかるやろ。ばあちゃんは、ばあちゃん役とかあちゃん役を一人でやってたんやから、そらおまえが出ていくときは、寂しかったと思う。その気持ちがわかるだけに……」

と唇をかんだ。

考えたら、ばあちゃんは、とうちゃんの役もじいちゃんの役も、全部一人でやってたかもしれん。


ばあちゃん、大丈夫やろか？


それから俺は、むちゃくちゃばあちゃんのことが気になり始めた。

朝、起きるたびに「ばあちゃん大丈夫かなあ」と口にするようになり、

「ばあちゃんどうしてるかなあ」

「ばあちゃん寂しがってないかなあ」

「ばあちゃん元気にしてるかなあ」

と、繰り返すようになっていた。

かあちゃんと住むようになると、それまでのような「かあちゃん恋しい」という気持ちはなくなったけど、今度は、「ばあちゃんどうしてる？」の気持ちがどんどん大きくなってきた。

ばあちゃんのことが気になってしょうがない。

ばあちゃん大丈夫やろか……。

やっと広島に帰ってきたというのに、ばあちゃんのことが心配で心配で。

せっかくかあちゃんと一緒におるというのに、なんか落ち着かんのよ。

「ばあちゃん、大丈夫やろか」をあんまり繰り返すもんやから、かあちゃんが、

「おまえ、もういっぺん佐賀に戻って向こうで暮らすか？」

と冗談めかして言うたくらい。

でも、かあちゃんはかあちゃんで、ばあちゃんがどうしているのか気になっているみたいでもあった。

「ばあちゃん、どうしてるかな」

と何気なくつぶやいた俺に、かあちゃんは言った。

「そんなに心配やったら、おまえ、明日にでも、いっぺん見に行ってくるか？」

かあちゃんにそう言われて、ちょっとほっとした。

なんか、ばあちゃんのことばっかり言うて、かあちゃんに悪いような気がしてたからだ。

「うん、明日、行ってみる」

春休みが始まったばっかりで、入学式まで日にちもたっぷりあった。

「それが、ええ。お金渡すけん、行って、ばあちゃんの様子見ておいで」

「いや、そんなにお金はいらんよ。俺、自転車で行くばい」

「え！　自転車でか？」

「四月から広陵の野球部に入るんや。体力もつけとかんとあかんし。ランニングみたいなもんや」

「危なかよ」

「大丈夫！　気ぃつけるし」

野宿覚悟の自転車旅行

広島から佐賀まで、およそ四百キロ。

一日に百キロを走れば、旅は三泊。

俺はかあちゃんにもらったお金で、野宿のための寝袋を買いにいった。

翌朝、俺は自転車で佐賀に向かった。

自転車の荷台には寝袋と、かあちゃんがつくってくれた大きなおにぎりが五個。

これだけあったら、今日一日の胃袋は大丈夫や。

そして、ばあちゃんへのおみやげのもみじまんじゅう十二個。

「おまえ、いつも佐賀に戻るとき、泣いた顔しか見せんかったけど、今日はえらいうれしそうやなあ。かあちゃん、おまえのそんな顔、初めて見たわ」

と、かあちゃんもうれしそうに笑ってる。

たしかに、俺は笑顔で広島を離れることはなかった。

いつもいつも涙で、かあちゃんの顔も広島駅も見えんかった。

「でも、俺が佐賀に戻るとき、かあちゃんも泣いてたやろ」

「そりゃそうや。わが子と別れるのは、つらいに決まっているやろ」

それが、お互いに笑顔で佐賀に向かって出発できるんや。

俺は幸せをしみじみと感じたよ。

佐賀への道は、山陽本線とほぼ並行しているから、道も迷わんでええ。

頑張ってペダルをこいだら、あっという間に岩国に着いた。

広島を出ると横川(よこがわ)、己斐(こい)、五日市、廿日市(はつかいち)、宮島口、大野浦、玖波(くば)、大竹、そして山口県の岩国。

走りながら、流れる景色にちょっと胸が熱くなった。

それは汽車の中からいつも見ていた景色と重なっていたからや。

俺は汽車で佐賀に帰るとき、小学五年生からは特急はやめて各駅停車にした。

「かあちゃん、僕、各駅停車で行く」

「安いからか？　お金のこと気にせんでもええのに、あほな子やねえ」

ちゃうねん、お金、ちゃうねん。

かあちゃんは、俺がお金のことを気にして各駅停車で行きたいと思ったみたいやけど、ほんまのことは三十五歳になるまで、かあちゃんによう言わんかった。

「違う、社会勉強や。駅の名前、全部覚えたいねん」

珍しく俺が向学心あふれることを言うたもんやから、かあちゃんは喜んでくれたけど、ほんまのことを言うと、ちゃうねん。

特急は広島を出たら、次は岩国、次は小郡と、さっさと広島を離れていく。

その速さが、嫌やった。

なんか、かあちゃんから、さっさと離れていくような気がしたから。

特急に乗ったときは、寂しさが倍増して、いつも小郡くらいまで、涙が消えることはなかったな。

でも、各駅停車なら、ゆっくりとかあちゃんから離れていく。

しばらく走ってもまだ広島や。

広島県内やったら、どこで降りても、すぐにかあちゃんのところに戻れるような気がしてたんやな。

もちろん、各駅停車に換えたところで、涙が出なくなるわけちゃうかったけどね。

そんなことを思い出しながら、俺は自転車のペダルをこいだ。

平坦(へいたん)やった道も、岩国を過ぎたあたりからちょっと山道になってきた。

上ったり、下ったり。

急勾配(こうばい)が続く道は、さすがの五段変速でもきつかった。

まだ肌寒い初春やったけど、体中が汗ばんできた。

川を見つけると、水を飲んで、足を洗って、自転車を洗って休憩した。

そうこうしているうちに山道が終わり、日が暮れてきた。

さて、どこで寝ようか。

三軒のお寺に泊めてもらう

泊まりは徳山ですることにした。お金は持っていたから、宿をみつけてもよかったんやけど、せっかく寝袋を買ったし、野宿をしてみようと思った。

よくばあちゃんが、「お寺は困ったことがあったときに相談しにいくとこや」と言うてたんを思い出した。

お寺に泊めてもらおう！

みんなはお寺を怖いとか、お墓が怖いとか言うけど、俺はお寺が大好きや。

小学生のころから、信心深いばあちゃんに連れられて、しょっちゅうお寺に行っていたからね。

お寺でお坊さんの説教を聞くんやけど、俺は最後にもらえるせんべいが大好物やったんや（笑）。

生姜（しょうが）味の砂糖衣のついた甘いせんべい。いつも、ちょっと湿気っているのが、またうまいねん。

今でも、当時と同じお寺さんにお世話になっているんやけど、こないだ行ったら、昔とまったく同じせんべいをもらってびっくりしたよ。

今は、個別包装になって、湿気ってなかったけどね（笑）。

そんな俺やから、お寺は大の得意！

宗教のことはようわからんけど、うちと同じ浄土真宗と書いてあるお寺をみつけて、

「今晩、本堂の軒下に寝かせてください」

と頼んでみた。

「広島から来た徳永昭広といいます。この四月から高校一年生になります。今、佐賀に行く途中なんです」

お寺の人は、俺が自転車で広島から佐賀のばあちゃんに会いに行くということを話すと、快く家に入れてくれた。

俺は軒下でもよかったんやけど、「疲れたでしょう」と、お風呂に入れてくれて、晩ご飯までごちそうしてくれた。

晩ご飯を見てびっくりしたよ！

住職さんの家族と一緒に囲んだ食卓に並んでいたのは、カレーやった。

俺はお寺のご飯というたら、法事のときなんかにみんなで食べてた厚揚げとか山芋とかこんにゃくとかの精進料理だとばっかり思ってたんよ。ばあちゃんも、「お坊さんは肉を食べん」と言うてたからね。

それが、まさかのカレー。

しかも、豚肉が入っていた。

「お寺でも肉を食べるんですか？」

「仏の教えでは、昔は肉や魚は食わんということになっとった」

「今はいいんですか？　なんで？」

「さあ、なんでかなあ」

と首をかしげる住職さん。

「昔は殺生(せっしょう)は禁じられておったんや。ともかく昔はそういうことになっておった。生き物に手を差し伸べるのが供養じゃな」

と、なんだかよくわからない答えやったけど、ばあちゃんも「供養じゃ」と言うて、飼ってた鶏の首をしめて晩ご飯のおかずにしてくれたことを思い出した。

住職さんの言うことはいま一つ、ようわからんかったけど、ばあちゃんの鶏は、最高においしかった。

「今は、肉も魚も食べていいんですね」

「今は食べるよ。肉、大好きですよ」

と、にっこり笑う住職さんは、晩ご飯のあと、ビールを飲みながら、昔のえらいお坊さんの話をしてくれた。

昔々、えらいお坊さんのお寺に布団を盗もうとする泥棒が入った。

そのとき、お坊さんは寝たふりをして、わざとごろんと布団から転げ落ちてあげた、という話やった。

「今のお坊さんはどうなんですか？」

「泥棒がきたら警察呼びますよ」

「え？　布団から転げ落ちてあげないんですか？」

えらいお坊さんの話を聞いたあとの、俺の素朴すぎる質問に対して住職さんは言った。

「いやいや、だって怖いもん」

俺は、このくだけた住職さんが、大好きになって、聞かれるままにばあちゃんの話をいっぱいした。

俺の生い立ちのこと。佐賀に預けられてからの話、貧乏だった話……。

住職さん、奥さん、おじいさん、おばあさん、そして三人の子どもたち。

みんな俺の話に泣いたり笑ったり。

本堂はさながら俺のワンマンショーのステージと化した。

「あんた、そんな悲しい話を、よくそんなに明るく面白くしゃべれるね」

そこで俺はばあちゃんの受け売りで、言った。

「貧乏にも明るい貧乏と暗い貧乏があるんです。うちは明るい貧乏です！」

そう言うと、住職さんはさらに感心して、どんどん俺に質問してきた。

特に住職さんが、驚いたのは、泥棒の話やった。

ばあちゃんちに明け方、泥棒が入ったことがある。

ばあちゃんは泥棒に、「わたしゃ今から仕事なんで、夕方おいで」と言うたら、なんと、また、夕方にその泥棒がやってきたんや。

そこでばあちゃんは、泥棒におにぎりをあげて、

「うちに入っても何も取るものはないよ。人の家の窓を外したり、走って逃げたりする力があるんやったら働け。市役所に行ってみろ。なにか仕事があるばい」

と説教したら、泥棒は帰っていった。

俺は泥棒は悪いヤツと思ってたから、ちょっと納得いかんかった。

「なんであんなに親切にするん？」

ぶぜんとしながら聞く俺にばあちゃんは、こう言った。

「好きでああなったわけじゃなし……。人間はいろいろ故障する。故障したら、また最初からやり直したらよか」

この話をじっと聞いていた住職さんは、

「いやいや、恐れ入りました。えらい。たいしたおばあちゃんじゃ」

とえらい感心された。

俺はばあちゃんのエピソードをそのまま話してるだけやけど、ばあちゃんが褒められるんは、やっぱり気持ちいい。

ばあちゃんは、えらい人でも泥棒にでも態度が変わらんかった。

そして働くことが大好きやった。

人生は死ぬまで暇つぶし。

死ぬまでの暇つぶしには、

仕事が一番いい。

暇つぶしながら、

金になるよ。

ばあちゃんの話をするだけで、みんなが泣いたり笑ったり、感心したりしてくれるのが、ものすごくうれしかったよ。

翌朝。

朝ご飯をごちそうになり、昼のおにぎりまでつくってもらった俺は、住職さん一家全員に見送られてお寺を出た。

徳山からはずっと平坦な道が続いた。

疲れたら川の水飲んで休んで、おにぎり食べて。

防府(ほうふ)、小郡、宇部を過ぎて、小野田に差し掛かるころに日が暮れてきた。

小野田でも、またお寺に泊めてもらうことにした。

小野田のお寺でも、同じように温かく迎え入れてもらえた。

こっちのお寺の晩ご飯は、ハンバーグやった（笑）。

なんや坊さん、肉、好きなんやな。

俺は小野田のお寺でも、生い立ちから、かあちゃん、ばあちゃんの話をいっぱいした。

家で食べたもんを報告する栄養調査で、ザリガニのことをばあちゃんに教えられたまんま、伊勢エビとして報告したこと。

運動会で、誰も家族が見にこんで、粗末な弁当を食べる俺に、先生たちがいつも豪華な弁当と替えっこしてくれたこと。

いろんな話をした。

お寺の人たちは、ここでも、泣いたり笑ったり。

次の日は、またおにぎりをつくってもろて出発した。

人を笑わせるのは、気持ちええもんや。それもばあちゃんの話で。

さあ、関門海峡を越えたら、いよいよ九州や。

小倉、宗像、福岡。

ここまで来たらあと少し。

喉(のど)が渇いたら川で水を飲んで、おなかがすいたらおにぎりを食べた。

川のほとりでおにぎりを頬張りながら、キラキラと日の光で光る川面を見ていたら、ばあちゃんのことを思い出した。

ばあちゃんは、よく「人生は川ばい」と言うていたなあ。

くねくねと曲がっているし、勢いが強くなったりゆっくりとなったり。

幅が広くなったり、狭くなったり。

濁ったり、澄んだり。

「人間もときには濁ったりする。けど、それでええ」

「ばあちゃん、俺、濁りっぱなしやけど、それでもええの？」

「ええ」

人間、死ぬときに
五十一対四十九で、
幸せが一つでも勝てばええんじゃよ。

ばあちゃんのそんな言葉を思い出した。

九州に入ってからも、お寺を探して泊めてもろた。

なんと、ここの晩ご飯は、すきやきやった。

坊さんって、もしかしたら、俺らより肉食ってるんちゃうか（笑）。

ここでも、ばあちゃんの話は大受けや。

ここの住職さんは、ノートにメモまでとってたよ。

印象に残っているのは、川で思い出した話をしたときのこと。

「人間は悩みがあったらすぐ落ち込む。でも人間には悩みの袋が五十と幸せの袋が五十あって、死ぬときにはちゃんと幸せの袋が五十一になって、一つ勝つから心配せんでよか」

ばあちゃんがいつも言うてたことを話すと、住職さんは言った。

「徳永くん、このお寺にはたくさんのお経があるけど、これは全部あんたとこのばあちゃんのことばい」

俺には住職さんの言うてることがさっぱりわからんかったけど、ばあちゃんを褒めてもろたみたいでうれしかった。

翌朝。またしてもおにぎりをつくってもらってお寺を出るときに住職さんに、

「どうもありがとうございました」

「いやいや、礼にはおよびません」

「いや、でも」

「ありがたいと一生思うこともあれば、ありがたいと思ったそのときの気持ちだけでいいこともある」

俺は意味がわからんかったので、きょとんと住職さんの顔を見た。

「一生〝ありがたい〟〝ありがたい〟と思って生きていかんといけないとなると、何千、何万回も思わないかん。それではしんどいやろ。普段は普通でええ」

たしかにその通りや。

ばあちゃんもそうやった。

ばあちゃんも、〝ありがとう〟を言うときは、ほんまに心から言うてたけど、そんなことは、そうしょっちゅうではなかった。

そんな話を住職さんにすると、

「そうやろう。いや、しかしえらいばあちゃんじゃ。あんたはええばあちゃんに育ててもろたな。西洋では裕福な家に生まれた赤ん坊を〝銀のさじをくわえて生まれた子〃というんやが、あんたもそうじゃ。みかけは貧乏かもしれんが、幸せな家に生まれて、幸せに育てられたのう」

え、俺って幸せやったんか？　今一つピンとこんかったけど、たしかにばあちゃんと暮らした八年間は楽しかった。

この住職さんの言葉を聞いて、猛烈にばあちゃんに会いたくなったよ。

このときお世話になった三つのお寺のことは、テレビでも話題にしたことがあって、ある番組で、俺の薄い記憶を元に探してくれたみたいなんやけど、とうとうわからんかった。

ほら、お寺の名前って似てるやろ？

俺には、覚えられんかった。

それに道も建物も当時と変わっているし、もう今から探すのは無理やろなあ。

ほんま、一言お礼が言いたかったなあ。

そして、最後の宿は小倉のおじさんち。

おじさんはかあちゃんの弟で、アラタちゃんの一歳上。

軟式テニスで国体に出場したこともあるスポーツマンや。

俺が佐賀にいるときは、ちょうど大学生で福岡の寮に入っていたから、あんまり会えへんかったんよ。
待ち合わせ場所のバス停まで迎えにきたおじさんは、「自転車で来たとか！」と目を丸くしてたよ（笑）。

（下巻に続く）

この作品は「日本農業新聞」に二〇一七年四月二十四日から十二月三十日まで連載されたオリジナル文庫です。

徳間文庫

佐賀のがばいばあちゃんスペシャル

笑(わら)ってなんぼじゃ！ 上

2018年9月15日 初刷

著者 島田洋七(しまだようしち)

発行者 平野健一

東京都品川区上大崎三—一—一
目黒セントラルスクエア 〒141—8202

発行所 株式会社徳間書店

電話 編集〇三(五四〇三)四三四九
販売〇四八(四五一)五九六〇

振替 〇〇一四〇—〇—四四三九二

印刷 製本 株式会社廣済堂

ISBN978-4-19-894391-2